9,95

D1180394

Marcel van Driel

De Sprookjesspeurders

Tekeningen van Edwin den Ouden

Zwijsen

Eerste druk, 2006

ISBN 90.276.0621.8
NUR 283

© 2006 Tekst: Marcel van Driel
© 2006 Tekeningen: Edwin den Ouden
© 2006 Omslagillustratie: Dimitri van Wezel
Vormgeving: De Witlofcompagnie, Antwerpen
Uitgeverij Zwijsen B.V., Tilburg
De verhalen in dit boek verschenen eerder als afzonderlijke titels bij
Uitgeverij Zwijsen.

Voor België: Zwijsen-Infoboek, Meerhout
D/2006/1919/303

De Sprookjes-speurders

Geen sprookje

'En ze leefden nog lang en gelukkig, zo eindigen sprookjes toch altijd?' vroeg ik aan Christel. Ik probeerde stoerder te klinken dan ik me voelde; ik wilde haar niet bang maken, niet banger dan ik zelf al was tenminste.

'Dit is geen sprookje, Marc, dit is echt! Ik sta in een pikdonkere kerker met mijn voeten in een plas water, we zijn vastgebonden aan een houten paal en achter mij staat iemand die ik nooit meer wil zien of spreken! Lang en gelukkig, poeh.'

Ik had Christel nog nooit zo kwaad gezien. Of gehoord in dit geval. Ze stond aan de andere kant van de paal, met haar rug naar mij toe. We konden elkaar niet zien, zelfs al hadden de fakkels nog gebrand.

Het touw waarmee we vastgebonden zaten, was te sterk om kapot te trekken. Christel had al geprobeerd het los te pulken, maar haar nagels bleken niet sterk genoeg. Misschien zou het mij wel lukken? Ik rekte mijn vingers zo ver mogelijk uit.

'Wat doe je?' vroeg Christel. Ze vergat steeds dat ze niet meer met me wilde praten.

Ik haalde hard uit met mijn nagels.

'Auw!' Christel schreeuwde het uit. In plaats van het touw had ik haar geraakt.

'Sorry,' zei ik zachtjes.

'Stommeling,' hoorde ik haar mompelen, 'dat doet pijn.'

Ik zei nogmaals sorry en wendde mijn hoofd af, omdat ik haar bloed rook. Het rook lekker.

'Hoe komen we hier nou uit?' snikte Christel. 'Ik wil hier weg, Marc, ik wil naar huis!'

Ik gaf geen antwoord, maar dacht terug aan dat ene telefoontje, waar alles mee begonnen was.

Stel dat ik niet had opgenomen, wat zou er dan zijn gebeurd?

Naar grootmoeder koekjes brengen

Ik stond op de hoek van het Zwarte Woud tegen mijn vaste lantarenpaal aangeleund. Het uithangbord was vastgebonden aan de paal en de stoep was bezaaid met afgekloven lollystokjes. Ik gooide er nog een stokje bij en stak een nieuwe lolly in mijn mond. Hoelang stond ik hier nu al, drie uur of vier? En nog steeds geen klant gezien.

Zwarte Woud 12, daar woonde ik. Ik zag mijn moeder achter het keukenraam staan. Ze zwaaide en ik knikte beschaafd terug. Moeders ... kunnen ze niet zien wanneer je aan het werk bent?

Mam kwam naar buiten met een mandje in haar hand. Er stak een fles melk naar buiten; de rest was niet te zien, omdat er een rode theedoek overheen lag.

'Wil jij dit even naar oma Bimbam brengen, Marc? Ze is nog steeds ziek en ik wil dat ze goed eet.'

'Mam, ik ben aan het werk. Er kunnen klanten komen als ik weg ben en ik heb al heel lang geen opdracht meer gekregen.'

'Ik let wel op je kantoor, oké?' antwoordde mijn moeder. 'Als er iemand komt, zal ik de zaak voor je aannemen.'

Ze glimlachte, alsof ze mijn werk niet helemaal serieus nam. Ik zuchtte. Het had geen zin om met haar in discussie te gaan. Ik zette het uithangbord met "Marc Lupus' ontraadselend detectivebureau" erop extra recht, zodat iedereen het goed kon zien. Mijn moeder gaf mij het mandje en een kus.

'Geef dit maar aan oma en zeg haar dat ik snel zelf op bezoek kom.'

Zonder papa, dacht ik, maar ik zei niets.

Ik nam de kortste weg door het bos, dat eigenlijk een park was, maar dat iedereen een bos noemde, omdat er bomen in stonden.

'Ben niet bang voor de boze wolf, ben niet bang,' zong ik.

De deur van het huis van oma Bimbam stond wijd open. Dat was raar. Iedereen kon namelijk toch binnenkomen wanneer hij wilde, vanwege het touwtje dat altijd uit de brievenbus hing. Als oma echter ergens een hekel aan had, dan was het wel tocht, dus de voordeur mocht nooit open blijven staan. Ik liep naar binnen, langs de enorme staande pendule waaraan oma haar bijnaam te danken had. Op het tikken van de klok na was het doodstil.

'Oma?' Ik zette het mandje neer in de keuken, maar ook hier was niemand. Zou ze soms slapen?

De slaapkamer lag aan het eind van de gang. Oma sliep in zo'n ouderwets hemelbed met zware gordijnen eromheen; je kon niet eens zien of er iemand in lag.

'Oma?' riep ik nogmaals, terwijl ik de slaapkamer in liep. Er kwam geen antwoord. Met beide handen schoof ik de gordijnen, die eens sneeuwwit waren geweest, opzij. Het bed was leeg, maar er had zo te zien wel iemand in geslapen.

Ik begon me nu echt zorgen te maken. Oma was ernstig ziek; ze kon een beetje door het huis lopen, maar dat was dan ook alles. Ze was zeker niet in staat om in haar eentje op pad te gaan.

Tien minuten later wist ik zeker dat het huis leeg was. Ik had alle kamers doorzocht: geen oma, geen briefje, helemaal niets. De klok sloeg zes uur en het servies in de kast trilde onheilspellend bij iedere slag. Ik besloot naar huis te gaan en mijn ouders te waarschuwen.

Dat was het moment waarop de telefoon ging.

Ik nam op, zonder aarzelen. Waarom ook niet, er was tenslotte niets aan de hand en ik nam wel vaker de telefoon op als ik bij oma was.

'Met Marc in het huis van oma ... Van den Bos,' zei ik.

'Oma Bimbam, bedoel je?' klonk een zalvende stem uit de hoorn. 'Ben je iets kwijt, jongenman?'

'Wie is dit?' vroeg ik.

'Dit is waar je altijd van gedroomd hebt, Marc: een mysterie, helemaal voor jou alleen om te ontraadselen.'

'Waar is mijn grootmoeder? Wat heb je met haar gedaan?'

'Zie je wel, altijd de detective; meteen de juiste conclusies trekken. Daarom heb ik jou uitgekozen, jongenman, omdat je de beste bent; de beste detective van het Zwarte Woud.'

'Waar is mijn oma?'

'Ga naar Christel en vraag haar naar de gebroken spiegel. Je mag háár vertellen wat er gebeurd is, maar niemand anders. En Marc, je hebt een aanwijzing gemist. Slordig hoor.'

'Klik'. Stilte, gevolgd door een ingesprektoon. Wat was dat, probeerde iemand mij voor de gek te houden? Ik geloofde het zelf niet. Een geintje door de telefoon, oké, dat kon, maar een doodzieke vrouw van in de negentig ontvoeren, dat kun je nauwelijks een grap noemen. Alleen, dat zou betekenen dat mijn oma echt verdwenen was en dat kon toch ook niet? Een jongen van mijn leeftijd kan toch geen ontvoering oplossen? Dat gebeurt niet in de echte wereld, daar is de politie voor.

Moest ik de politie bellen? Of mijn vader? Misschien was dat laatste niet zo'n goed idee, want hij en mijn grootmoeder spraken al jaren niet meer met elkaar. Ik kon me zelfs niet herinneren dat ik ze ooit samen had gezien. Mijn moeder en ik gingen altijd zonder hem op bezoek bij oma Bimbam. 'Gaan jullie weer naar die oude heks?' riep mijn vader dan, vanuit zijn ligstoel. Mijn oma deed sowieso alsof hij niet bestond en had het nooit over hem. Toch wist ik zeker dat mijn vader mij zou helpen zoeken; het ging tenslotte om mijn oma! Alleen, de ontvoerder had gezegd dat ik er met niemand anders over mocht praten dan met Christel, dus ook niet met mijn vader en zeker niet met de politie.

Wat moest ik doen?

Hij had oud en jong tegelijk geklonken, de man aan de telefoon. Heel vreemd. Wat had hij gezegd? Ik had een aanwijzing gemist. Ik sloot mijn ogen en stak mijn neus in de lucht. Een subtiele geur kwam uit de slaapkamer en ik wist meteen waar ik moest kijken.

Op het kussen van mijn grootmoeder lag een briefje. Het was een oud stuk perkament en het was net zo geel als de kussensloop waar het op lag. Daarom had ik het de eerste keer natuurlijk over het hoofd gezien. Het briefje was leeg, maar ik nam het toch maar mee naar huis. Het mandje met eten liet ik in de keuken staan.

Ik was het detectivebureau een jaar geleden begonnen. Op mijn achtste kwam ik erachter dat ik uitstekend dingen kon vinden die verdwenen waren. Meestal ging het om speelgoed dat kinderen uit de buurt kwijt waren geraakt. Soms kwamen er zelfs volwassenen naar mij toe, die bijvoorbeeld op zoek waren naar hun verloren sleutels. Hoe ik het deed, wist niemand. Ik vroeg waar ze het voorwerp het laatst gezien hadden, daarna sloot ik mijn ogen, snuffelde wat, en liep er zo naartoe. Mijn vader noemde mij 'zijn kleine detective' en dat bracht mij op het idee om een echt speurbureau op te richten. Ik stond meteen klaar met een pot zwarte verf om mijn slaapkamerdeur te beschilderen. Met grote letters wilde ik er mijn naam, silhouet en beroep op aanbrengen. Dat vond mijn moeder helaas niet zo'n goed idee. Ze gaf mij een groot houten uithangbord, om aan een lantaarnpaal te bevestigen. Ik moest haar één ding beloven: ik mocht alleen mensen uit het Zwarte Woud helpen, niemand anders. Deze belofte ging ik vandaag voor het eerst breken ...

Spiegeltje, spiegeltje aan de wand

Toen mama vroeg hoe het met oma ging, haalde ik mijn schouders op. 'Wel goed, geloof ik.' Mam vroeg gelukkig niet verder; ze was vast bang dat mijn vader weer opmerkingen zou gaan maken. Het was vrijdag en dat betekende dat ik later naar bed mocht. Ik zei dat ik nog even naar Christel toe ging.

'Vóór tienen thuis!' hoorde ik mijn vader nog roepen.

'Ja, pa. Goed, pa. Dag, pa!'

Christel woonde een paar huizen verderop. Ik moest twee keer aanbellen voordat er boven mij een raam werd geopend. Christel leunde op haar ellebogen naar buiten en keek naar beneden. Haar lange, krullende haar, dat maar een paar tinten donkerder was dan haar huid, viel langs haar gezicht en hing ver over het kozijn. Als het nog iets langer was, zou ik langs haar haar omhoog kunnen klimmen.

'Er is niemand thuis,' zei ze.

'Welles, ik zie licht branden.'

'Jij ziet ook alles, mister detective. Wacht even, dan kom ik naar beneden.'

Ik hoorde gestommel op de trap. De deur vloog open en Christel stond hijgend in de deuropening. Haar lange, donkere haar golfde als een mantel om haar heen. Om haar hals hing haar eeuwige kettinkje met het sneeuwwitte kristal eraan.

'Wat moet je?'

'Een gebroken spiegel.'

'Een wat?!'

Ik liep naar binnen zonder antwoord te geven.

'Kom binnen,' zei Christel sarcastisch.

'Kun je een geheim bewaren?' vroeg ik haar.

Ze knikte en werd meteen serieus. Ik vertelde Christel het hele verhaal, over de verdwijning van mijn oma en over de vreemde stem aan de telefoon.

'Je houdt me voor de gek,' zei ze.

Ik schudde mijn hoofd.

'Sorry hoor,' zei ze, 'maar ik vind het een beetje raar.'

'Ik ook,' zei ik, en ik werd boos. 'Ik wil mijn oma terug!'

Ik voelde de tranen opwellen, van boosheid of verdriet, dat wist ik niet.

Christel keek mij bedachtzaam aan en gaf mij toen een stuk keukenpapier.

'Hier, kom mee.'

Ik volgde haar de trap op, terwijl ik mijn ogen droogde.

'Sorry.'

Christel zei niets. Op de eerste verdieping keek ze omhoog naar het plafond, waar een luik in zat met een lus eraan.

'Kun jij erbij?' vroeg ze.

Ik haalde diep adem en ging recht onder het luik staan. Met springen lukte het niet, maar toen ik mij helemaal uitrekte, kon ik net bij het touw. Ik trok het luik naar beneden en rolde de trap uit. Deze keer ging ik voor.

'Het licht zit rechts van je,' zei Christel.

Op de zolder was het een puinhoop: overal stonden onuitgepakte dozen en kapotte meubels. Ik keek met een verbijsterde blik naar Christel.

'Waar wil je beginnen?' vroeg ik.

'Hier,' antwoordde Christel, en ze trok de la van een oud dressoir open. In de la lag een gebroken spiegel.

Even later zaten we op onze knieën op de grond en probeerden we de spiegel in elkaar te passen. Het was waarschijnlijk een heel oud ding, want van sommige scherven was het spiegelende oppervlak bijna helemaal afgesleten.

'Hoort er geen lijst omheen?' vroeg ik aan Christel.

Ze ging meteen zoeken, terwijl ik probeerde de puzzel verder op te lossen.

'Hebbes!' hoorde ik haar triomfantelijk achter mij roepen.

Christel kwam met een goudkleurige, ovale lijst aanzetten, prachtig afgezet met vergulde klavertjesvier en fonkelende witte edelstenen die een beetje leken op het kristal dat Christel om haar hals droeg.

'Mooi,' zei ik, 'geef maar hier.'

'Niks ervan,' zei Christel, 'ik heb hem gevonden.'

'Lekker belangrijk,' mompelde ik.

Christel stak haar tong uit en begon een voor een de scherven in de lijst te schuiven. Toen we klaar waren, ontbraken er duidelijk nog twee stukken. Ik keek om me heen, maar er lag niks meer. Een incomplete spiegel was vast niet wat ik nodig had.

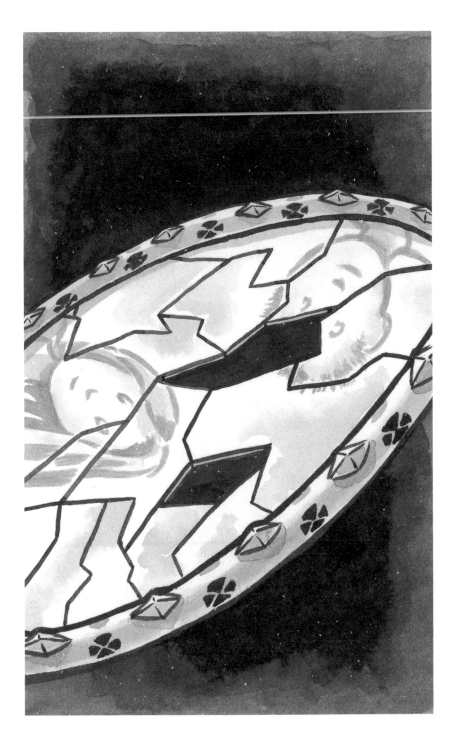

Ik stond op en voelde dat mijn benen pijn deden van het gehurkt zitten. Ik sloot mijn ogen en probeerde de geur van de spiegel te ontcijferen. Hij rook oud en muf, net als de rest van de zolder, maar hij rook ook nog naar iets anders, naar parfum, een heel fijn en oud parfum, scherp geworden door de tijd. Ik duwde de geur van de spiegel naar de achtergrond en probeerde de geur van de zolder op te vangen. Muffe, mottige stank kwam mij tegemoet, van mottenballen en oud hout.

'Wat ben je aan het doen?' vroeg Christel argwanend.

Ik gaf geen antwoord maar liep naar een plek achter het dressoir. Een vage hint van parfum wurmde zich door de mottenballenlucht heen.

'Marc, doe niet zo raar.'

Ik gebaarde dat ze stil moest zijn. Ik had het gevonden, ergens achter het dressoir. Ik durfde mijn ogen niet open te doen, uit angst dat ik de geur kwijt zou raken.

'Christel, kom eens hier.'

'Ik ben je hondje niet,' zei ze, maar ik hoorde haar toch mijn kant op lopen.

'Kijk hier eens achter, wat zie je daar?'

Ik voelde hoe ze langs mij heen schoof.

'Wacht even, het is hier donker,' zei ze. 'Auw!'

'Wat is er?' Van schrik opende ik mijn ogen.

'Ik heb me gesneden, aan een scherf zo te voelen.' Ze bewoog met haar handen voorzichtig over de houten vloer. 'Ja, ik heb ze. De achterkant van het dressoir is verrot; daar zijn de scherven uit gevallen, denk ik. Hoe wist je dat ze hier lagen?'

Ik haalde mijn schouders op.

'Gokje. Heb je je erg gesneden?'

'Mwah, valt wel mee. Kom, we gaan hem in elkaar zetten.'

Ze zoog op haar duim en overhandigde mij de twee scherven.

'Jouw beurt.'

Zonder poespas duwde ik de twee stukken in de spiegel.

Hij was nu weer heel, geen idee hoe lang geleden dat was. De spiegel zag er donker en onheilspellend uit.

'En nu?' keek ik Christel vragend aan. 'Jij een idee?'

'Ga je me uitlachen als ik iets geks probeer?' zei ze aarzelend.

Ik schudde mijn hoofd, ik was niet bepaald in de stemming om haar voor schut te zetten.

Christel ging rechtop zitten, staarde in de spiegel en prevelde onhoorbaar een paar woorden, alsof ze iets aan het oefenen was. Daarna haalde ze diep adem en begon heel duidelijk te praten.

'Spiegeltje, spiegeltje, op de grond. Luister even naar mijn mond. Volgens Marc is er iets mis. Weet jij waar oma Bimbam is?'

Ik trok mijn wenkbrauwen op en keek Christel aan, maar gelukkig herinnerde ik mij net op tijd mijn belofte en ik slikte mijn commentaar in.

'Marc, kijk eens!'

Ik keek naar de spiegel. Er verscheen een landschap in het oppervlak, met hoge bergen en groene grasvelden. Toen begon het glas te beslaan en verscheen er een gezicht in de spiegel. Zo eentje dat je op een beslagen raam tekent, maar dan gemaakt van levende nevel. Het gezicht begon te spreken met een vreemde, afwezige stem, alsof hij van ver uit de tijd kwam.

'Wie zijt gij die mijn rust verstoort, in dit van magie verlaten oord?'

Ik probeerde mijn verbazing te verbergen door snel antwoord te geven.

'Ehm, ik ben Marc en dat is Christel. Wij zijn op zoek naar mijn oma.'

Het gezicht in de spiegel reageerde niet.

'Je moet in rijm spreken, Marc, anders begrijpt hij je niet,' zei Christel zenuwachtig.

'O, oké, ehm.' Mijn gedachten draaiden op volle toeren, maar ik probeerde er niet aan te denken hoe absurd de hele situatie was. Dat lukte niet: pratende spiegels?!

Christel zuchtte en keek naar de spiegel. Al haar angst leek verdwenen te zijn.

'Spiegeltje, spiegeltje, wij zijn hier samen. Marc en Christel, dat zijn onze namen.'

Het gezicht in de spiegel begon onmiddellijk weer te spreken.

'Marc en Christel, het kan mij niet bekoren, dat gij mijn slaap wenst te verstoren. Laat mij met rust, gij kleine apen, dan kan deze spiegel rustig slapen.'

De opmerking schoot Christel duidelijk in het verkeerde keelgat.

'Hé spiegel,' zei ze iets te hard, 'het kan mij niet bekoren, dat jij onze vraag niet wilt horen. Ik vroeg je waar oma Bimbam was. Ik dacht dat antwoord geven een verplichting was.'

'Gij hebt gelijk, het is de code, maar is respect voor ouderdom niet meer in de mode?' antwoordde het gezicht bars.

Nu was het mijn beurt. 'Geachte spiegel, wij willen u niet beledigen, maar ik moet nu mijn vriendinnetje verdedigen. Ze bedoelt het goed, maar heeft wat weinig geduld, vandaar dat zij nu iets te hard brult.' Ik deed net of ik haar boze blik niet zag. 'Geeft u ons alstublieft een hint, en vertel waar mijn grootmoeder zich bevindt.'

Het gezicht in de spiegel keek mij doordringend aan, maar reageerde niet op mijn woorden. Ik wist niet wat ik nu weer fout had gedaan.

'Ik sprak toch in rijm én ik was beleefd?' zei ik vragend.

Christel bestudeerde de spiegel.

'Spiegeltje, spiegeltje, het doet mij verdriet, dat u mijn vragen beantwoordt en die van Marc niet. Laat ons nu niet langer zweten en vertel Marc wat hij wil weten.'

'Vrouwe, gij bent van koninklijke bloede, vragen stellen is uw recht. Houdt gij mij alstublieft ten goede, maar ik beantwoord geen vragen van een knecht!'

De minachting droop van de beslagen spiegel af.

'Hé,' riep ik boos, 'wie denk je wel dat je bent?' Ik maakte aanstalten om op te staan, maar Christel hield mij tegen.

'Spiegel, zeg mij nu wat ik wil horen: waar is Marcs grootmoeder heen gebracht? Of wilt gij voelen mijn koninklijke toorn, test gij de grenzen van mijn macht?!'

Oef, zij werd hier steeds beter in. Dat vond de spiegel duidelijk ook, want hij antwoordde zonder aarzelen.

'Prinses, ik erken uw koninklijke macht. De grootmoeder is naar De Berkenheuvel gebracht.'

'De Berkenheuvel?' vroeg ik aan Christel. 'Maar er zijn helemaal geen berken hier in de buurt.'

Christel haalde haar schouders op.

'Ik weet het ook niet,' zei ze. 'Misschien moet ik doorvragen?'

'Wacht even,' antwoordde ik, 'ik heb een idee.' Ik pakte het stuk perkament uit mijn zak, dat ik meegenomen had uit oma's huis. Ik hield het papier in het licht van de spiegel en prompt verschenen er sierlijke letters op het perkament, die zilveren gaten in het papier leken te branden.

'Hier, lees voor, het is in rijm en naar mij luistert hij toch niet.'

Christel las de tekst snel door, zonder te vragen waar ik het perkament vandaan had.

'Oké, daar gaat-ie dan,' zei ze, en ze schraapte haar keel.

'Spiegeltje, spiegeltje, vertel mij gezwind, waar ik Repelsteeltje vind.'
De spiegel begon te betrekken, donkere wolken pakten zich samen in het landschap achter het gezicht en een bliksemschicht, oplichtend in het landschap in de spiegel, verlichtte de hele zolder. Het nevelgezicht veranderde in vlammen van vuur en het begon te schreeuwen:
'Twee robijnen, rood van kleur, een gouden sleutel voor de deur! Twee leren laarzen met een spang, de bonen van een oude tang! Een kleed om gretig van te tafelen, is nodig om dit geheim te ontrafelen! Hang de sleutel aan de grote klok, spreek zijn naam uit zonder wrok, volg de weg als een klein kind, dat is waar je Repelsteeltje vindt!'
En met die laatste woorden spatte de spiegel uit elkaar. De scherven vlogen in het rond. Ik beschermde mijn ogen met mijn arm en voelde hoe ik een snee opliep bij mijn elleboog.

Even later zaten we in de slaapkamer van Christel bij te komen van de schrik. We hadden de scherven bij elkaar geveegd en teruggelegd in de la van het dressoir.
'Zeven jaar ongeluk,' zei ik in een poging om Christel op te vrolijken, maar toen ik het zei, klonk het helemaal niet grappig. Christel zat over haar bureau gebogen; voor haar lag een woordenboek en een stuk papier waarop ze druk zat te schrijven.
'Eén ding is duidelijk,' zei Christel, terwijl ze net deed of ze mijn opmerking niet gehoord had. 'Het heeft allemaal met sprookjes te maken. Een magische spiegel, Repelsteeltje, een verdwenen grootmoeder; het is allemaal te toevallig om toeval te zijn.'
'En niet te vergeten dat hij jou een prinses noemde,' vulde ik aan. 'Weet je nog dat jij vroeger altijd dacht dat jij een prinses was en dat je ouders niet je echte ouders waren?'
'Ja, hallo, toen was ik zes! Dat is normaal hoor, op die leeftijd!'
'Heb je dat sprookjesboek nog, dat je toen altijd en overal met je meezeulde?'
'Nee, dat heb ik aan Sanne gegeven, mijn buurmeisje. Die is ook helemaal gek van sprookjes.'
'Misschien kun je het terugvragen.'
'Mmm, ik loop zo wel even naar haar toe.'
'Wat ben je eigenlijk aan het doen?' vroeg ik.
'Ik ben het gedicht aan het opschrijven, voordat we het straks vergeten zijn.'

Slim. Ik was blij dat Christel erbij was, want ik was nog te veel van slag door alles wat er gebeurd was.

'Denk je dat Repelsteeltje mijn oma ontvoerd heeft?' vroeg ze.

'Mmm, klinkt logisch toch?'

'Ja, het klinkt logisch, totdat je bedenkt dat Repelsteeltje niet bestaat,' zei ik cynisch.

'Laten we eerst maar beginnen met het gedicht, oké, de rest zien we straks wel. Dit is wat ik tot nu toe heb,' zei Christel, terwijl ze rechtop ging zitten. 'Twee robijnen, rood van kleur, ik zou niet weten waar we die moeten vinden. Een juwelier beroven? Een gouden sleutel voor de deur, hetzelfde probleem. Twee leren laarzen met een spang. Dat heb ik net opgezocht: een spang is een gesp. We moeten leren laarzen hebben met gespen. Dat mag geen probleem zijn, die heb ik nog wel ergens.'

'Zouden het geen speciale laarzen moeten zijn, zoals uit het sprookje van de gelaarsde kat?' vroeg ik.

Christel keek mij beteuterd aan.

'Je hebt gelijk: de gelaarsde kat. Geen gewone laarzen natuurlijk.' Ze zuchtte. 'Waar halen we dit allemaal vandaan?'

'Ga verder.'

Ze vermande zich en keek op haar briefje.

'De bonen van een oude tang, ik durf het bijna niet te zeggen …'

'Mijn oma, ik snap het: we moeten kijken of ze ergens bonen heeft. Speciale bonen natuurlijk, geen sperziebonen.'

'Precies, en een kleed om gretig van te tafelen?'

Ik keek op de klok: het was al bijna elf uur

'Ik moet naar huis, Christel, anders krijg ik op mijn kop van mijn vader. Laten we er een nachtje over slapen en morgen weer afspreken. Vraag jij het sprookjesboek aan Sanne terug?'

'Is goed, hoe laat spreken we af?' vroeg ze.

'Zo vroeg mogelijk. Ik weet niet waar mijn oma is, maar wel dat ze ziek is.'

'Oké, om zes uur ben ik bij jou.'

'Goed, dan zorg ik dat de achterdeur open is,' antwoordde ik.

'Mooi, tot morgen. En, Marc? Het komt allemaal in orde.'

Bezoek in de kelder

'Marc?'

'Huh?' Ik schrok wakker en wist even niet meer waar ik was. Donker, ik had het koud en ik stond met mijn sokken in het water in een kelder. Ik was kennelijk hangend in de touwen in slaap gevallen.

'Marc, ik hoorde wat,' fluisterde Christel. Ze probeerde normaal te klinken, maar ik hoorde hoe bang ze was.

'Ik hoor niks, Christel, en ik heb hele goeie o...'

Een vaag gegrom echode door de ruimte.

'Oké, dat hoorde ik ook,' zei ik zachtjes. 'Het komt alleen niet hiervandaan, maar vanachter de deur.'

'Zou hij teruggekomen zijn, om ons los te maken?' vroeg Christel hoopvol.

Ik schudde mijn hoofd, totdat ik mij realiseerde dat ze mij natuurlijk niet kon zien.

'Nee, ik denk het niet, dit klinkt als iets anders.'

'Grrr!!!' Het was inderdaad gegrom en het klonk nu veel dichterbij.

'Christel, er zit een metalen deur tussen ons en de gang. Wees niet bang: wat het ook is, het kan toch niet naar binnen.'

Een enorme knal klonk door de ruimte. Het was alsof iets z'n hele gewicht tegen de deur aan gooide. Een tweede dreun klonk, nu nog harder dan de eerste en de ijzeren deur kraakte in zijn voegen.

'Wat zei je precies, Marc, dat we hier veilig zaten? Er zit vast een moordlustig beest aan de andere kant van die deur en wij zitten hier vastgebonden. Marc, doe iets!'

Als antwoord klonk er een nieuwe knal. Die deur zou het niet lang meer houden. Ik wou dat mijn vader hier was!

Oost, west

'Waar bleef je nou? Het is al elf uur!' schreeuwde mijn vader. 'Als ik zeg tien uur, dan bedoel ik ook tien uur!'

Mijn moeder lachte.

'Laat hem toch, Boris, hij heeft een vriendinnetje. Kleine jongetjes worden groot.'

Ze gaf me een kneepje in mijn wang en ik rolde met mijn ogen.

'Mam!'

Mijn vader kwam boos op ons afstampen.

'Kan me niet schelen. Al heeft hij tien vriendinnetjes, hij heeft naar mij te luisteren!'

Hij hief zijn hand op om me een draai om mijn oren te geven. Ik deinsde achteruit en mijn moeder ging tussen ons in staan.

'Boris, ik begrijp dat je boos bent, Boris, maar dit is niet de oplossing!' Met felle ogen keek ze hem aan.

Mijn vader bleef staan, zijn hand opgeheven. Toen bedaarde hij en liet hij hem zakken.

'Je hebt gelijk, Maisie. Sorry zoon, volgende keer gewoon op tijd thuis, oké?' Hij klonk verdrietig. 'Ik ga naar bed.'

Met gebogen hoofd liep hij de trap op.

'Mam?' Angstig keek ik naar mijn moeder.

'Het is goed jongen, het is goed. Papa heeft een zware dag gehad.'

Nu was het mijn beurt om boos te worden.

'Nou én, ik heb ook een zware dag gehad en ik doe toch ook normaal?'

Mijn moeder legde een hand op mijn schouder.

'Ga nou maar naar boven, Marc. We praten er morgen wel over, als iedereen weer wat rustiger is.'

Na het tandenpoetsen liep ik naar de slaapkamer van mijn ouders. Mijn moeder lag te lezen in bed en mijn vader staarde naar het plafond.

'Mam, heb jij een paar oude leren laarzen?' vroeg ik in een opwelling. 'Christel en ik willen een toneelstuk maken en ik ben de prins.'

Ik zag mijn ouders veelbetekenend naar elkaar kijken. Laat ze maar denken dat ik verliefd op haar ben, dan vragen ze tenminste niet verder.

'Ik heb nog wel iets in de schuur liggen,' antwoordde mijn vader zachtjes, 'een paar laarzen van opa, maar ik weet niet …' Hij keek naar mijn moeder.

'Ze doen het hier toch niet, Boris,' zei ze raadselachtig. 'Wacht maar, ik pak ze wel even.'

Ze legde haar boek opzij en kroop uit bed. Even later kwam ze weer binnen met in haar hand een paar oude, versleten laarzen, versierd met twee enorme gespen. Ze zagen er in ieder geval sprookjesachtig uit: de bovenkant liep wijd uiteen en ze waren geborduurd met indrukwekkende goudstiksels. Ik nam ze nonchalant in ontvangst, daarmee mijn opwinding verbergend. Ze roken hetzelfde als de spiegel; het leek erop dat ik beet had!

'Dankjewel, mam. Ik ga nu slapen, welterusten.'

Ik draaide mij om en stopte even bij de deur.

'Welterusten, pap.'

'Welterusten, jongen.'

In bed dacht ik nog even na over alles wat er vanavond gebeurd was. Diep in mijn hart geloofde ik nog steeds niet in magie. Alleen, de spiegel was geen special effect geweest, maar echt. Voorlopig moest ik doen alsof het allemaal waar was, anders zou ik oma Bimbam nooit meer terugzien. Ik hoopte dat het goed met haar ging en met die gedachte viel ik in slaap.

Speurtochten naar het verleden

Christel stond in de tuin ongeduldig op mij te wachten met een kleed over haar schouder. Met een slaperige kop maakte ik de achterdeur open en liet ik haar binnen.

'Van de buurvrouw geweest,' zei ze meteen. 'Geen idee of het is wat we zoeken, hoor, maar er staat eten op geborduurd.'

Ik rook aan het kleed en grijnsde.

'Ruikt goed, in ieder geval hetzelfde als de laarzen die ik heb gevonden. Wat hebben we nog meer nodig?'

Christel keek op haar briefje.

'Robijnen, een stel bonen en een gouden sleutel.'

'Mooi, dan moeten we alleen nog de robijnen en de sleutel zien te vinden, als we er tenminste van uitgaan dat de bonen bij mijn oma liggen.'

'Marc,' vroeg Christel bedachtzaam, 'hoeveel huizen staan er in het Zwarte Woud?'

'Stuk of vijftien, hoezo?

'Jij zei dat de laarzen en het kleed hetzelfde roken. Stel nou dat het inderdaad magische voorwerpen zijn, dan ...'

Ik begreep wat ze bedoelde: de spiegel, de laarzen, het tafelkleed, ze kwamen allemaal bij onze ouders en buren vandaan.

'Dan zouden de andere voorwerpen ook bij ons in de straat moeten liggen, bedoel je?'

'Het is maar een gok. Voor hetzelfde geld zijn de laarzen en het kleed niets bijzonders, dan gaat mijn theorie niet op. En jouw oma woont niet in deze straat, dus misschien zit ik wel helemaal fout.'

'We kunnen het in ieder geval proberen, maar wat wil je doen: aanbellen en vragen of iemand een gouden sleutel overheeft, of misschien een paar robijnen?' zei ik sarcastisch.

'Nee, dat lijkt mij inderdaad geen goed idee,' zei Christel. 'Wat ze ons ook geven, we hebben er toch niets aan.'

'Dat begrijp ik niet.'

'Sukkel! Als de spullen inderdaad magisch zijn, dan krijgen we ze natuurlijk niet. En niemand geeft een echte gouden sleutel of een paar robijnen aan twee kinderen, dus wat we ook krijgen, het is niet magisch of niks waard.'

'Misschien moeten we toch eerst met onze ouders praten?'

Ze aarzelde even: 'En het leven van je oma riskeren?'

Ze had gelijk, we moesten het zelf zien op te knappen.

'Oké, dan weten we nu wat we níet moeten doen, maar ik ga hier niet zitten wachten tot ik een ons weeg. We moeten iets doen.'

'Ik ga naar het huis van je oma, op zoek naar de bonen, en jij gaat achter de sleutel en de robijnen aan.'

'Waarom ik?'

'Omdat jij alles kunt vinden wat zoek is, meneer de detective, zoals je gisteren weer hebt bewezen met de scherven.'

Het had geen enkele zin om met haar in discussie te gaan; ze had alles natuurlijk alweer helemaal van tevoren uitgedacht.

'Oké, ik heb geen idee waar ik moet beginnen, maar ik zie wel. Als ik wat heb gevonden, kom ik naar het huisje van oma Bimbam. Neem jij de laarzen en het tafelkleed vast mee?'

'Is goed. Kijk je uit?'

'Ja, jij ook? Ik denk dat haar huis veilig is, maar je weet nooit.'

Voordat we zachtjes de tuin uit liepen, legde ik een briefje neer voor mijn ouders, zodat ze wisten dat ik met Christel weg was. Ik hielp Christel met het dragen van het kleed, dat weliswaar niet zo groot was, maar wel onhandig en lomp.

'Heb jij je mobieltje bij je?' vroeg ik, terwijl ik het kleed op de bagage-drager van haar fiets bond. Christel knikte en nam haar fiets van mij over. Ze sprong er behendig op en reed de weg op.

'Dankjewel,' zei ik zachtjes, toen ik zeker wist dat ze mij niet meer kon horen. Besluiteloos bleef ik op het pad staan dat de tuinen van het Zwarte Woud met elkaar verbond. Ergens in deze huizen lag wat ik zocht, maar waar? Ik sloot mijn ogen en rook niets anders dan de lente. Er waren vijftien huizen in de straat. Stel dat iedereen één voorwerp in zijn bezit had. Mijn huis, dat van Christel en van haar buurvrouw hadden we gehad. Dan bleven er nog twaalf huizen over waar iets kon liggen. Er zat niets anders op dan ze een voor een te onderzoeken, te beginnen met de schuren; daar was een stuk makkelijker in te breken dan op de zolders.

Twee uur later had ik een appel, een erwt, de gouden sleutel, een spinnewiel, een gouden ei en twee robijnen gevonden. Elk van de voorwerpen lag in een doos of was in een doek gewikkeld, alleen de robijnen zaten in een jutezak. Alle voorwerpen roken hetzelfde. Het spinnewiel liet ik staan, de rest stopte ik bij de robijnen in de zak.

Opeens ging mijn mobieltje: het was Christel.

'Waar blijf je nou?' sputterde ze. 'Ik zit al uren te wachten.'

'Als je liever zelf bij de buren wilt inbreken, dan moet je het zeggen, hoor,' zei ik geïrriteerd.

'Heb je iets gevonden?' vroeg ze.

'Ja, alles uit het gedicht en nog een paar andere vreemde dingen. Ik kom er nu aan.' Ik zette de telefoon uit en haastte me voor de tweede keer naar het huis van mijn oma.

Binnen een kwartier stond ik samen met Christel voor de staande klok van mijn oma. Het deurtje stond open en de klepel slingerde heen en weer.

'Heb je een sleutel gevonden?' vroeg ze.

'Ik hoop dat het de goede is,' zei ik, en ik haalde de sleutel uit de zak.

'Waar zit het sleutelgat?'

Christel deed de deur van de klok dicht en bestudeerde de buitenkant. Er zat een klein gat in de deur, maar dat was veel te klein voor de aanzienlijk grotere sleutel in mijn hand. Boven aan de klok hing een houten haak, in de vorm van een klavertjevier aan een steeltje. Christel pakte de sleutel uit mijn hand en hing hem aan de haak. Toen ze de deur van de klok opnieuw opende, was er nog steeds niets anders te zien dan de kle-

pel die onverstoorbaar heen en weer bewoog. Christel trok haar wenkbrauw op en pakte het briefje met het gedicht erbij.

'Hang de sleutel aan de grote klok. Dat heb ik net gedaan. Spreek zijn naam uit zonder wrok, volg de weg als een klein kind, dat is waar je Repelsteeltje vindt.'

Ze sloot het deurtje weer.

'Zeg jij zijn naam maar; ik weet niet of ik hem zonder wrok kan uitspreken,' mompelde ik tegen Christel.

'Repelsteeltje,' zei ze zacht en ze opende de deur opnieuw. In plaats van de klepel zagen we nu een stenen muur met twee deuren erin, een kleine en een veel grotere. De deuren waren veel te groot voor de klok en toch pasten ze er op de een of andere manier precies in.

'Volg de deur als een klein kind,' zei ik, en ik opende de kleinste. Een gure wind waaide uit de klok en ik rook de zee.

Christel keek mij veelbetekenend aan.

'Het uur van de waarheid. Gaan we erin of niet?'

'Ik ga erin, ik moet mijn grootmoeder vinden, maar als jij niet wilt, dan begrijp ik dat.'

'Ik ga mee, ik vind het wel spannend. Heb je alle spullen?'

Ik knikte en wees op de zak. Christel pakte een sprookjesboek van de grond en deed het bij de rest.

'Heb ik gisteravond nog even bij Sannes ouders opgehaald. Sanne sliep al en ik moest haar moeder beloven dat ik het zo snel mogelijk weer terug kwam brengen; ze is er zo aan gehecht.'

'Waar heb je de laarzen en het kleed gelaten?' vroeg ik. 'En heb je de bonen eigenlijk nog gevonden?'

'O ja, hier.' Christel hield een kleine linnen zakje omhoog, zo te zien gevuld met bonen. 'Het lag gewoon in de kast.'

'Geef eens hier,' zei ik en ik rook aan het linnen zakje. 'Ruikt hetzelfde, ben benieuwd wat ze doen.' Ik stopte de bonen samen met de laarzen bij de andere spullen in de zak. Alles paste erin, wat raar was, want de zak was veel kleiner dan de laarzen, die zeker tien centimeter boven de zak uit hadden moeten steken. Ik keek veelbetekenend naar Christel en legde de zak op de grond. Ik greep het kleed en schoof het zo de zak in. Hoewel het kleed zeker vijf keer zo lang was als de zak, verdween het in zijn geheel in de zak. Ik keek Christel aan.

'Magische zak?' vroeg ze.

'Lijkt er wel op, hè?' antwoordde ik. 'Zal ik eerst gaan?'
Ik nam plaats op mijn knieën voor de kleinste deur, en voelde me net Alice in Wonderland. Ik haalde diep adem, kroop naar binnen en viel in een zwart gat.

Waar zijn we?

Ik lag voorover met mijn gezicht op de grond en voelde zand tussen mijn tanden. Hoelang had ik hier gelegen? Ik kwam overeind en spuugde een mondvol zandkorrels uit. Een geel waas hing voor mijn ogen en het was bloedheet. Waar was ik en waar was Christel? Ik veegde het zand uit mijn ogen en keek omhoog: een gele zon in een blauwe hemel staarde terug. Om mij heen was woestijn te zien zover het oog reikte. Ik draaide mij om in de hoop een glimp van Christel op te vangen, maar ik zag niets. Zou zij heel ergens anders terechtgekomen zijn? Ik markeerde mijn landingsplek door met mijn hakken een kruis in het zand te zetten en ging op zoek. Na een paar minuten raakte ik echt in paniek, want ik zag geen Christel. Was ik hier helemaal alleen? Ik voelde in mijn zak en haalde mijn mobieltje tevoorschijn. Zou die het doen hier, op een plek zonder zendmasten? Ik belde tegen beter weten in haar nummer; de telefoon ging twee keer over, maar niemand nam op. Toen hoorde ik gedempt gerinkel ergens onder het zand vandaan komen. Ik stormde op het geluid af en begon te graven. Het duurde even voordat ik Christel zelf gevonden had. Ze lag onder een flinke laag zand en was bewusteloos. Ik had geen idee hoe ze daar terecht was gekomen. Ik zette haar rechtop en klopte zachtjes op haar rug. Het duurde enkele angstige minuten voordat ze proestend bijkwam.
'Veel zand hier,' zei ze, terwijl ze naar adem bleef happen. 'Je hebt zeker geen water bij je?'
Ik schudde mijn hoofd.
'Ik heb niks anders dan de magische voorwerpen.'
'Waar dan?' vroeg Christel, terwijl ze om zich heen keek.
Ik schrok: waar was de zak? Als een bezetene ging ik op zoek naar de zak met de spullen, terwijl Christel nog bij zat te komen. Ik vond niks; de zak lag natuurlijk ook ergens begraven onder het zand!
'Hebbes!' hoorde ik Christel opeens gillen en ze hield de zak grijnzend boven haar hoofd. 'Blij dat ik meegegaan ben?' schreeuwde ze, en ze begon weer te hoesten.
Ik knikte. 'Heel blij,' zei ik, 'maar zou je niet eerst eens op adem komen, stoere?'

Ik dwong Christel te gaan zitten totdat ze weer normaal kon ademen. Af en toe spuugde ze nog een klodder zand uit. Ondertussen keken we om ons heen. Zowel Christel als ik had stiekem gehoopt in een prachtig sprookjeslandschap terecht te komen, het landschap dat we in de spiegel hadden gezien bijvoorbeeld. Waar we zeker niet op gerekend hadden was dit: eindeloze vlaktes gevuld met zand, zand en nog eens zand.

'Heb je enig idee waar we naartoe moeten?' vroeg Christel.

Ik schudde mijn hoofd. 'Toen jij de klok opendeed, rook ik de zee, maar nu ruik ik helemaal niets meer.'

Christel sloot haar ogen en wees naar links.

'Daarheen,' zei ze. 'Ik weet het zeker, maar vraag me niet waarom.' Ze stond op en liep met ferme passen van me weg. Ik zuchtte en volgde haar gedwee.

'Het lopen is zwaar,' zei ik na een tijdje. 'Het is alsof ik loden schoenen aan heb.'

'Je loopt ook verkeerd. Je moet lopen als een olifant; kijk, zo.'

Ze tilde haar voeten overdreven hoog op en stampte plat op het zand.

'Het ziet er stom uit, maar het werkt echt.'

Ik volgde haar raad op en moest toegeven dat het veel minder vermoeiend was.

'Hoe weet je dat?' vroeg ik verbaasd.

'Hoe kan het dat jij magie kunt ruiken?'

Ik haalde mijn schouders op. 'Geen idee, ik kon altijd al heel goed ruiken en dingen vinden en zo.'

Toen stelde ik de vraag die al de hele tijd op mijn lippen brandde: 'Je lijkt allemaal niet erg onder de indruk te zijn van dit alles. De spiegel, de klok, nu de woestijn ... Ben je echt zo koelbloedig, of weet jij meer dan ik?'

Het bleef stil. Christel stopte en keek om zich heen.

'Marc, kijk eens achter ons.'

Ik keek achterom.

'Ik zie niks.'

'Precies, waar zijn onze voetstappen gebleven?'

Het zand was ongeschonden, alsof er al eeuwen geen levende ziel overheen had gelopen.

'Je hebt zeker geen broodkruimels of kiezelstenen bij je?' vroeg Christel.

'Chris, laten we even stoppen; dit heeft geen enkele zin. Ik verga van de dorst en ik heb geen idee waar we naartoe lopen of waar we vandaan komen.'

Ze knikte en we lieten ons zakken op het warme zand

'Au, het is gloeiend heet!' Christel sprong gepijnigd op.

'Wacht maar,' zei ik, blij dat ík nu eens ergens een oplossing voor had. Ik stak mijn hand in de zak en tastte naar het kleed. Ik pakte de rand beet en trok het kleed uit de zak. Ik verbaasde mij er nog steeds over dat het kleed zoveel groter was dan de zak. In één vloeiende beweging legde ik het kleed op de grond. Het was een groot, kleurig tafellaken met afbeeldingen van eten en drinken erop geborduurd. We namen plaats op het linnen en staarden naar de horizon. Mijn mond voelde droog aan, en de borduursels met aardewerken kruiken vol water en wijn hielpen ook niet. Misschien moesten we het kleed maar omdraaien, dan zagen we in ieder geval al dat lekkere eten niet.

Ineens begonnen de vertrouwde detectiveradertjes in mijn hoofd te draaien. Tot nu had ik steeds achter de feiten aan geholD: ik liet me verrassen door alle vreemde gebeurtenissen en dacht zelf niet meer na; het denkwerk had Christel aldoor gedaan. Ik begon eindelijk te accepteren dat we echt in een magische woestijn liepen en dat als we niet snel iets verzonnen, we dood zouden gaan van de dorst.

Christel keek mij doordringend aan.

'Je begint het eindelijk te geloven, hè?'

'Ik denk ook dat ik weet hoe we aan water moeten komen,' zei ik. 'Sta eens op.'

'Kleedje, dek je,' zei ik luid en duidelijk, nadat we naast het kleed waren gaan staan. Een rimpeling bewoog over het linnen, als een luchtspiegeling die tot leven kwam. Voor ons verschenen grote aardewerken kruiken vol met heerlijk koel water, schalen met dadels en rijst en fruit.

'Niet te snel drinken,' riep Christel, terwijl het water langs haar lippen droop. 'Daar krijg je buikpijn van.'

Ik nam kleine slokjes water en at af en toe een dadel. Zonder te praten bleven we zo een tijdje zitten eten en drinken.

'Het is toch "Tafeltje, dek je"?' zei Christel na een tijdje.

'Ja,' antwoordde ik, 'maar wij hadden een kleedje bij ons en geen tafel. In de zak moest alles zitten om bij mijn oma te komen, dus ook water. Misschien zijn er wel verschillende versies van al die sprookjes. Het was in ieder geval het proberen waard.'

Ik nam een dadel. 'Je hebt mijn vraag nog niet beantwoord,' zei ik met mijn mond vol, 'over hoe het komt dat je hier zo veel van lijkt te weten.'

'Ik wist niet hoe ik je het moest vertellen,' zei ze, en ze zette de kruik op het kleed, terwijl ze haar mond afveegde. 'Je leek al zo veel moeite te hebben met de spiegel en de klok, maar gisteravond heb ik met mijn ouders gepraat.'

'Wat?! Maar je zei zelf dat we dat niet moesten doen!'

'Rustig maar, ik heb niks over je oma verteld. Maar mijn moeder wist dat we de spiegel hadden gebruikt; ze voelde de kracht van de zolder komen. Het was vreemd, de spiegel had helemaal niet mogen werken in onze wereld, zei mijn moeder, omdat er geen magie meer is op aarde. Maar als dochter van een koningin heb ik kennelijk genoeg magie in me zitten ...'

'Woh, wacht even, de dochter van een koningin? Dus je bent toch een prinses?'

'Ken je het sprookje van Rapunzel?' vroeg Christel. 'Het gaat over een prinses die opgesloten zat in een hele hoge toren. De prins die later met haar trouwt, een verdwaalde Moor, klom omhoog langs haar lange blonde haren. Die prinses is dus mijn moeder en de Moorse prins mijn vader. Ongelofelijk, hè?'

Ik wilde het niet geloven, maar één blik op het gezicht van Christel en ik moest wel. En anders overtuigden de woestijn en het magische eten mij wel. Het verklaarde ook meteen waarom Christel zo vaak naar de kapper moest.

'Weet je ook hoe we nu verder moeten?'

'Nee. Misschien moeten we alle voorwerpen eens uit de zak halen en bedenken waar ze voor bedoeld kunnen zijn?'

Ze wilde de daad bij het woord voegen en maakte aanstalten de zak leeg te gooien op het kleed.

'Wacht even!' riep ik. En terwijl ik de kruiken water van het kleed haalde en in het zand zette, zei ik hardop: 'Kleedje, ruim af!' In een oogwenk was al het eten verdwenen, alleen de kruiken met water waren blijven staan.

Christel kieperde de gestolen voorwerpen op het lege tafellaken.

'Laten we eens kijken welke sprookjes bij welke voorwerpen horen, dan kunnen we misschien bedenken waar we ze voor nodig hebben,' zei ze, terwijl ze de erwt van het kleed pakte.

'Laat me raden: de prinses op de erwt, die werd toch niet genoemd in het gedicht?'

'Nee, en het ei en de appel ook niet, maar ik heb op een gegeven moment alles meegegrepen wat hetzelfde rook.'

Christel legde het ei, de appel en de erwt apart.

'Ziet er wel lekker uit, die appel.'

'Ik zou hem maar niet opeten, Chris, stel dat hij van Sneeuwwitje is geweest ...'

'Oeps, oké ... Dan de rest maar. Het kleed weten we al; daar hebben we verder niets aan, geloof ik, tenzij het natuurlijk de bedoeling is dat we ons de woestijn uit eten. Blijven over de laarzen, de bonen en de robijnen.'

'De gelaarsde kat?' zei ik, terwijl ik door het sprookjesboek bladerde. 'Maar dat waren volgens mij geen toverlaarzen.'

'Natuurlijk!' riep Christel ineens hardop. 'Kleinduimpje!'

Ik keek haar aan en tegelijkertijd riepen we uit: 'Zevenmijlslaarzen!'

Snel pakten we alles weer in, behalve de laarzen. We dronken de kruiken leeg tot de laatste druppel.

'Christel, waar laten we deze?'

'Stop maar in de zak,' zei ze. 'Daar past toch alles in en we hoeven het landschap niet te vervuilen met onze rommel.'

Ik deed mijn schoenen uit en trok de laarzen aan. Ze pasten perfect, wat vreemd was, want gisteren leken ze nog veel te groot. Christel ging achter mij staan en sloeg haar armen om mijn middel. De zak hield ze krampachtig vast.

'Weet je waar we naartoe moeten?' vroeg ze.

'Laten we eerst maar eens zien hoe die dingen werken,' zei ik. Ik nam een stap en verloor bijna mijn evenwicht. Het was alsof het landschap met hoge snelheid onder ons door schoof! 'Hou je vast!' gilde ik, en ik begon te lopen. Bij elke stap leek het of de zandheuvels zich verplaatsten en wij stil bleven staan. Ik begon er lol in te krijgen en versnelde mijn pas. De woestijn gleed onder ons voorbij en de zon trok gele strepen over de hemel. We reisden niet alleen door de ruimte, maar ook door de tijd! In een uur was er bijna een dag verstreken. Het werd al snel te donker om door te gaan en ik maakte aanstalten om te stoppen, maar deed dat helaas net iets te abrupt. Voor de tweede keer die dag lag ik met

mijn snufferd in het zand. Ik ging rechtop zitten en snoof de frisse lucht op. Zoiets had ik nog nooit geroken; ik besefte nu pas hoe vervuild onze lucht thuis was.

'Wat ruik je?'

'Frisse lucht … en de zee!'

'Denk je dat we daarnaartoe moeten?'

'Ja, al weet ik niet precies waarom, maar ik rook dezelfde lucht toen jij de klok opendeed. Misschien is het een aanwijzing?'

'Het begint donker te worden, Marc. We moeten nu verder of hier blijven tot morgenochtend.'

De beslissing was snel genomen: het idee om in de woestijn te overnachten leek ons geen van beiden erg aanlokkelijk. Ik wachtte tot Christel haar armen weer om mijn middel had geslagen en rende in de richting van de zee.

De zon was nu helemaal onder. We hadden de woestijn achter ons gelaten, maar helaas was het landschap er niet leuker op geworden. In plaats van kilometers zand strekte zich nu een massa van water voor ons uit. We zaten al een halfuur moedeloos naar de woeste zee te staren, en alleen door het wit van de branding konden we het water van de hemel onderscheiden, zo donker was het.

'Ik snap niet waarom hij mijn oma zo ver van de bewoonde wereld heeft verstopt. Is dit een test of zo?'

Christel zei niets, maar speurde de horizon af.

'Marc, kijk daar, een vuurtoren!'

Ze had gelijk: in de verte scheen een licht dat er voorheen nog niet was. Ik wisselde snel de laarzen om voor mijn gympen en borg de laarzen weer op in de zak. Hand in hand liepen we samen over het natte zand, in de richting van het vreemde lichtschijnsel.

We zeiden niet veel. De golven bonkten op de kust en maakten een oorverdovend lawaai. Er was geen leven te bekennen, geen vogels, geen insecten en geen zeedieren. Er lagen zelfs geen schelpen op het strand. Het landschap was zo troosteloos dat ik bijna terugverlangde naar de woestijn.

Het was inmiddels steenkoud geworden. We kwamen steeds dichter bij de toren. Het was geen vuurtoren, zoals Christel eerst dacht, maar meer iets uit een sprookje. Een soort kasteeltoren, maar dan zonder kasteel en geheel opgetrokken uit witte kalkstenen. We hielden stil bij de voet, die omringd bleek te zijn met doornstruiken die tegen de witte steen omhoog groeiden. Ik probeerde door de struiken heen te breken, terwijl Christel een rondje rond de toren liep.

'En?' vroeg ik toen ze terug was. 'Iets gevonden?'

Ze schudde haar hoofd. 'Niets, geen deur, geen ingang, helemaal niets. Jij?'

'Ik wilde langs de struiken omhoogklimmen, maar ik kom er nauwelijks doorheen.' Ik hield mijn gestriemde armen omhoog als bewijs.

Christel haalde het kleed uit de zak en legde het op de grond.

'Kleedje, dek je,' zei ze vermoeid. Een pan spaghetti, tomatensaus, twee flessen appelsap en een paar kruiken water waren het resultaat.

'Modern kleedje,' merkte Christel droog op, terwijl ze een zakje Parmezaanse kaas omhooghield, maar ik was te moe om te reageren.

Na het eten lag ik op mijn rug naar de hemel te staren. Christel legde haar hoofd tegen mijn been en las in haar sprookjesboek hoe haar ouders elkaar hadden ontmoet.

Ik had het gevoel dat we bijna aan het einde van onze reis waren gekomen, als we tenminste een manier konden vinden om in de toren te komen. Christel stond op en liep naar de voet van het gebouw toe. Ze probeerde zich tevergeefs een weg te banen door de struiken. Niet veel later leek ze het op te geven en kwam ze dicht tegen me aan liggen voor de warmte.

'Welterusten, Marc. Morgen is alles anders, dat zul je zien.'

Ik bromde wat en terwijl ik haar warme adem in mijn nek voelde, viel ik in een diepe, droomloze slaap.

Op weg naar de hemel

De volgende ochtend werd ik wakker van een zonnestraal die mijn huid kietelde. Ik opende mijn ogen en keek recht in het gezicht van een grijnzende Christel.

'Zeg dat ik geweldig ben!'

'Je bent geweldig,' geeuwde ik. 'Waarom ben je geweldig?'

Ze deed een stap opzij, zodat ik de toren kon zien én de enorme groene plant die zich eromheen had gekronkeld.

'Wat is dat?' riep ik verbaasd.

'Dat, meneer de detective, is nou een bonenstaak.'

'Een bonenstaak? Wacht even, Jaap en de bonenstaak, de bonen van mijn oma!'

'Yep. Jij bracht mij op een idee toen je zei dat je langs de struiken omhoog wilde klimmen, dus ik heb vannacht de bonen tussen de struiken begraven en ze water gegeven uit een van de kruiken, precies zoals in het sprookje.'

Ik vloog Christel om de hals en gaf haar spontaan een zoen.

'Je bent geweldig!'

'Zei ik toch.' Ze bloosde, duwde mij van zich af en wees op de broodjes en het pak melk die op het kleed lagen. 'Ik heb het ontbijt bij elkaar geroepen. Zullen we snel eten en dan omhoogklimmen?'

Na het eten riep Christel: 'Kleedje, ruim af! Ik wil thuis ook zo'n kleed, hoef ik nooit meer af te wassen,' zei ze erachteraan. 'Dat is nog beter dan een vaatwasser.'

'Ik denk niet dat het daar magische kwaliteiten heeft,' antwoordde ik. 'Mijn moeder zei iets over dat de laarzen hier niet zouden werken, in onze wereld, bedoel ik.'

'Dus jouw ouders weten ook meer, net als de mijne.'

Ik keek Christel sprakeloos aan.

'We kunnen jou beter de detective noemen, Chris, jij bent veel beter in het oplossen van raadsels dan ik.'

Een prachtige glimlach was mijn cadeau.

De bonenstaak kronkelde zich in flauwe bochten rond de toren en we konden via de peulen omhoogklimmen. Helaas was de toren veel hoger dan we gedacht hadden. Na anderhalf uur leek de top nog even ver weg. We pauzeerden half balancerend op een enorme peul en namen een slok water. De klim vergde meer van ons dan ik had verwacht.

'Denk je dat dit dezelfde toren is als die waar ze je moeder in hadden opgesloten?' vroeg ik.

'Zou best kunnen. Ik las gisteravond in het sprookjesboek dat mijn vader naar beneden viel in de doornstruiken, dus dat klopt in ieder geval.'

'Au, dat moet pijn gedaan hebben!'

'Nog veel erger. Volgens het originele sprookje werd hij blind omdat hij doornen in zijn ogen kreeg. Pas toen hij mijn moeder in de woestijn vond, kon hij weer zien.'

'Hoe ging dat dan?'

'Ze huilde en haar tranen vielen in zijn ogen. Dat hielp.'

'Makkelijk hoor, zo'n moeder,' zei ik.

'Misschien moet ze het nog een keer proberen, want hij heeft tegenwoordig min acht,' zei ze.

'Wie zouden mijn ouders zijn?' vroeg ik na een tijdje. 'Komen zij ook uit een sprookje?'

'Zullen we weer gaan klimmen? We moeten nog best een eind voordat we boven zijn.' Zonder mijn vraag beantwoord te hebben klom ze verder omhoog. Ik zuchtte, pakte de zak en klom geïrriteerd achter haar aan. Ik werd er een beetje moe van, van dat stommetje spelen van haar.

Een uur later stonden we eindelijk in de torenkamer. De bonenstaak groeide nog verder de hemel in, maar wij waren aangekomen op de plaats van bestemming. De kamer was helemaal leeg. Door de open ramen konden we de zee en zelfs de woestijn zien. Christel was al twee keer de hele kamer door gelopen, op zoek naar een aanwijzing.

'Ik geef het op, Marc. Jouw beurt.'

Ik ging op mijn knieën liggen en veegde het naar binnen gewaaide zand opzij, zoals ik het Indiana Jones ook een keer had zien doen in de film. In het midden van de kamer had ik beet: onder het zand kwam een groef te voorschijn in de stenen vloer.

'Zeg dat ik geweldig ben.'

Christel negeerde mijn opmerking en begon te helpen de rest van het zand weg te blazen. Even later keken we naar een in de vloer uitgesneden vierkant met een klein gat erin.

Christel stak haar vinger in het gat en probeerde het luik op te tillen. 'Vergeet het maar,' zei ik, 'dat ding weegt tonnen. Er moet een andere manier zijn.'

Het werd zo langzamerhand een spelletje wie het eerst de oplossing zou bedenken, en dit keer was het Christel.

'Wedden dat een van de twee robijnen in dit gat past?' zei ze stellig.

Ik haalde beide robijnen uit de zak en paste ze een voor een in het gat. Christel liet mij mijn gang gaan en staarde ondertussen naar buiten. Grappig om te zien hoezeer we begonnen te wennen aan alle magie. Een rood schijnsel lichtte op toen de kleinste edelsteen moeiteloos in het gat gleed. Het luik barstte in kleine stukjes uiteen, die naar beneden

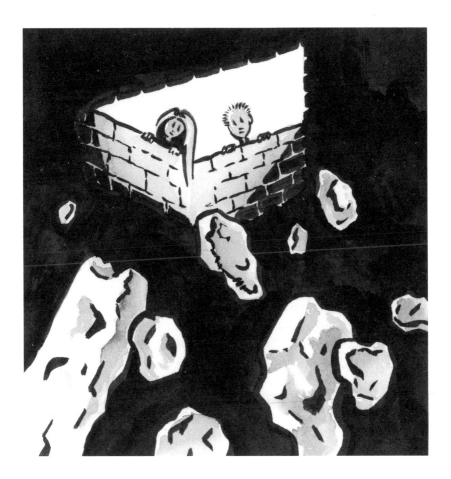

vielen in een diep gat. Pas tientallen seconden later hoorden we een dof geluid. Ik stopte de grote edelsteen in mijn broekzak en zei: 'Volgende puzzel: hoe komen we naar beneden, zonder dat we te pletter vallen? Eén ding is zeker: als we moeten wachten tot jouw haar lang genoeg is, zitten we hier nog wel even.'

Hoewel, Christels haar was al zeker een centimeter of tien gegroeid sinds we hier waren.

'Erg grappig,' zei Christel, terwijl ze over de rand heen leunde en naar beneden keek, de diepte in. 'Licht zou ook handig zijn, want het is daar pikdonker.'

'Heb je nog een boon?' vroeg ik.

'Nee,' zei Christel. 'En dan nog, waar zou je hem willen planten?'

'Ik heb ook nog een ander idee,' zei ik, 'maar als het fout gaat, zijn we hartstikke dood.' En ik vertelde Christel wat ik wilde doen.

'Ik wil wel alleen gaan. Als het dan fout gaat, ben jij er nog.'

Christel schudde haar hoofd: 'En dan, moet ik hier dan inderdaad blijven wachten tot mijn haar lang genoeg is?'

'Je hebt in ieder geval genoeg te eten en te drinken.'

'Tegen die tijd heb ik me doodverveeld. Nee, ik ga mee; geen denken aan dat ik hier in mijn eentje blijf zitten.'

'Goed dan,' zei ik, en ik begon mijn gympen los te knopen, zodat ik de zevenmijlslaarzen weer aan kon trekken. Toen ik klaar was, ging Christel voor mij staan en ze zette haar voeten op de laarzen.

'Maar goed dat je zulke grote voeten hebt, Marc,' grapte ze, maar ik hoorde aan haar trillende stem hoe bang ze was.

'Weet je zeker dat je dit wilt, Chris?' vroeg ik.

'Weet jij het zeker?'

Ik gaf geen antwoord, maar schuifelde naar het gat.

'De zak!' riep Christel. Ze sprong van mijn voeten af en holde naar onze spullen. Even twijfelde ik of ik gauw zou springen, maar ik aarzelde te lang: voordat ik een besluit had kunnen nemen, was ze alweer terug. Ze ging op mijn voeten staan en sloeg haar armen om mij heen. De zak klemde ze tussen ons in. Ze gaf mij een zoen.

'Voor geluk,' zei ze.

Ik deed mijn ogen dicht en sprong in het gat.

Ken je die grap van die man die van een wolkenkrabber af sprong? Halverwege dacht hij: tot zover gaat het goed.

Dat was de gedachte die door mijn hoofd schoot toen we met een noodgang naar beneden vielen: tot zover gaat het goed.

Ik hoopte alleen dat het met ons beter zou aflopen dan met die man die van de wolkenkrabber sprong ...

Mijn plan was dat de zevenmijlslaarzen de klap op zouden vangen als we de grond raakten, net alsof we er een grote sprong mee hadden gemaakt.

Het plan werkte niet.

Wie is er bang voor de boze wolf?

Ik dacht dat ik wist wat bang zijn was, toen we de sprong moesten maken, maar inmiddels wist ik wel beter. Niet alleen was vastgebonden staan aan een paal in een donkere kerker vele malen erger dan springen als je denkt dat zevenmijlslaarzen je val zullen breken. Maar staren naar een gigantische wolf, die met het kwijl in de bek van Christel naar mij keek en weer terug, was hartverlammend. De achterpoten van de wolf rustten op de resten van de metalen deur die hij bruusk op de grond had geworpen. In de gang waar de wolf vandaan was gekomen, brandden fakkels. Mijn ogen moesten nog wennen aan het plotselinge licht, maar ik kon tenminste eindelijk wat zien.

Christel rukte aan haar touwen en gilde: 'Marc, doe iets!!'

'Chris, hou op met gillen. Daarmee trek je alleen maar zijn aandacht!'

Ze hield meteen op met schreeuwen.

'Hé, vreselijk monster!' gilde ik. 'Durf je wel tegen een klein meisje? Kom dan op, als je durft.'

'Marc,' siste Christel tussen haar tanden, 'je bent gestoord!'

De enorme wolf twijfelde tussen Christel en mij, dus ik riep nog een keer.

'Wie is er bang voor de boze wolf? Ben niet bang, ben niet bang.'

Ik deed het bijna in mijn broek van angst, maar ik ging door, want ik had nog wat goed te maken met Christel.

De wolf had zijn besluit genomen en draaide zich in een soepele beweging mijn kant op. Zijn tong likte langs zijn vlijmscherpe slagtanden. Ik slikte mijn woorden in en werd doodstil. De wolf deed een paar stappen en bleef toen dreigend voor mij staan. Hij snuffelde brutaal aan mijn benen en ik voelde hoe de zweetdruppels langs mijn voorhoofd naar beneden liepen. Twee gele ogen staarden mij aan en kwamen langzaam dichterbij. De wolf ging op zijn achterpoten staan en bracht zijn bek bij mijn gezicht. Ik sloot mijn ogen en wachtte tot het beest zijn kaken in mijn nek zou zetten.

Maar dat gebeurde niet. Een natte neus werd in mijn gezicht geduwd en de wolf begon te grommen en te janken. Ik dacht dat ik niet banger kon worden, maar nieuw angstzweet brak mij uit toen ik het gehuil van de wolf door de kerker hoorde galmen. Waarom weet ik niet, maar opeens moest ik denken aan iets wat mijn moeder altijd tegen mijn vader zei, als hij boos was. 'Ik begrijp je, Boris,' zei ze dan. 'Ik begrijp je, maar dit is niet de oplossing.' Ik begon te stamelen en negeerde de gore stank die uit de bek van het monster kwam.

'Ik begrijp je, wolf, ik begrijp je, maar dit is niet de oplossing. Ga even rustig zitten, ik begrijp je.'

Dat was het moment waarop de wolf mijn gezicht begon te likken. Hij likte het zweet en de tranen van mijn wangen en ging daarna op de grond liggen. Het beest keek mij droevig aan.

'Wat gebeurt er, Marc?' riep Christel angstig. 'Marc?'

Ze kon natuurlijk niet zien wat er achter haar rug gebeurd was.

'Hij ... hij likte mijn gezicht en nu ligt hij op de grond naar mij te kijken. Hij doet verder niks; ik snap het niet.'

'Marc, het spijt me dat ik boos op je was, jij kunt er verder ook niets aan doen dat we hier terecht zijn gekomen, maar Marc ...'

'Ja?'

'Haal ons hier alsjeblieft weg!'

Hoe diep kun je vallen?

Op het moment dat we de sprong in het diepe maakten, bewoog mijn hart zich via mijn luchtpijp naar mijn keel. We vielen en we vielen, dieper dan ik voor mogelijk had gehouden, in ieder geval veel dieper dan de toren hoog was. We moesten al ver onder de grond zitten, toen ik opeens water zag glinsteren. Ik schreeuwde Christels naam, maar voordat ik doorhad wat er gebeurde, was ik al meters onder water en werd alles donker. Christel glipte uit mijn armen en ik opende mijn mond om haar opnieuw te waarschuwen. Een grote golf water gutste naar binnen en vulde mijn longen. Toen raakte ik pas echt in paniek en ik sloeg wild om mij heen, op zoek naar een uitweg. Plotseling zag ik licht; was dat het oppervlak? Met mijn laatste krachten zwom ik in de richting van het licht, maar toen ik de bodem raakte, wist ik dat ik definitief verloren was.

Gelukkig dacht Christel daar anders over. Zij had het water een fractie eerder gezien dan ik en haalde diep adem vlak voordat we kopje-onder gingen. Ze liet mij los en liet zich net zo lang meevoeren tot ze vaart begon te minderen. Daarna zwom ze zo snel als ze kon naar het wateroppervlak. Eenmaal boven gekomen, haalde ze twee keer diep adem en dook meteen weer onder, op zoek naar mij.

Deze keer was ik het die proestend bijkwam. Christel had me op de oever van het ondergrondse meer gelegd en zat bezorgd over me heen gebogen. Ze duwde op mijn borst en bij elke duw voelde ik hoe er water naar boven kwam.

Ik duwde haar van me af en rolde rochelend over de grond.

'Waar … is … de … zak?' hijgde ik.

Christel schudde zachtjes haar hoofd.

Ik spuugde opnieuw en keek wanhopig naar het meer.

Ik wilde het water weer in duiken, maar Christel hield me tegen.

'Marc, het heeft geen zin. De zak is weg, hoor je me, weg!'

Ik gromde en duwde Christel met veel kracht van mij af.

'Blijf van me af! Zonder die zak is het over, begrijp je dat niet?!'

Een rood waas kwam voor mijn ogen en ik stormde roekeloos naar het water. Mijn ogen schoten heen en weer. Waar kon de zak zijn? Ik moest hem hebben! Ik sloot mijn ogen en snoof, met mijn neus in de lucht. Ik huilde als een wolf, want ik rook niks, niks anders dan de stank van water dat al eeuwen niet met de buitenlucht in aanraking was gekomen 'Marc, ben je gek geworden?' hoorde ik Christel achter mij huilen.

'Wat?' schreeuwde ik, en ik draaide mij om.

Toen zag ik haar liggen.

Christel lag half verdoofd tegen de rotswand aan en er zat iets roods op de rotsen. Het leek wel bloed; het rook als bloed. Ze keek me met angstige, betraande ogen aan.

'Marc, wat doe je?'

'Christel, wat is er gebeurd?'

'Wat is er gebeurd? Je hebt me tegen de muur aan gegooid, Marc, je bent compleet buiten zinnen!'

'Wat zeg je?' stamelde ik. 'Ik ... dat kan niet ... ik ...'

Ik kwam dichterbij lopen.

'Blijf uit mijn buurt!' gilde Christel.

Ik had nog nooit iemand zo bang naar me zien kijken; het was alsof een ijskoude hand zich rond mijn hart sloot.

'Maar, Christel, ik wilde niet ... het spijt me ... ik wist niet ... laat me tenminste naar je hoofd kijken, je bloedt.'

Christel bewoog haar hand naar haar achterhoofd en voelde eraan.

'Auw.'

Ze maakte een gebaar dat ik uit haar buurt moest blijven. Radeloos ging ik op zoek naar iets om de wond mee te verbinden, terwijl er ondertussen allemaal beelden wild door mijn hoofd raasden; wat had ik haar aangedaan? Waarom wilde ze mij dan ook tegenhouden, de stomme trut! Het was haar eigen schuld, had ze mij maar niet moeten stoppen. Ik voelde de woede weer opkomen, terwijl ik tegelijkertijd niet kon begrijpen waarom ik zo kwaad bleef. Was dit hoe mijn vader zich voelde, als hij boos op mij was? Ik voelde hoe het bloed uit mijn gezicht verdween en zakte op de grond. Ik dacht aan Christel die mij bang aangestaard had: werd ik net zoals mijn vader?

Alle boosheid was verdwenen; ik voelde mij alleen maar ziek, ziek en slecht.

Christel, ik moest snel naar Christel!

Ik begon om mij te heen te voelen, op zoek naar mos, bladeren, alles wat het bloed kon stelpen.

Even later zat ik triest naar het oppervlak van het meer te staren, in de hoop dat de zak nog boven water zou komen. Christel wilde mij niet bij haar in de buurt hebben en ik kon het haar niet kwalijk nemen.

Ik hoorde geschuifel achter mij.

'Marc?'

Ik keek op en zag Christel op veilige afstand naar me kijken. Met een strak gezicht zei ze: 'Laten we dit afmaken en naar huis gaan, oké?'

Ik knikte en ze vervolgde: 'Ik heb een deur gevonden, ik weet hoe hij open moet, maar daar hebben we een robijn voor nodig. Misschien kun jij een andere manier vinden, want ik weet het niet meer.'

Ze draaide zich om, en ik sjokte achter haar aan en probeerde niet naar het gestolde bloed in haar haar te kijken.

We stopten in een gewelf voor een loodzware houten deur die was beslagen met gietijzer en inderdaad op slot zat. In plaats van een sleutelgat zat er echter een opening in de deur, zo groot als de robijn die samen met de zak ten onder was gegaan. Ik stak mijn handen in mijn zakken, terwijl ik de deur bestudeerde. Mijn vingers bewogen achteloos over een rond voorwerp dat in mijn zak zat. Ik haalde het te voorschijn en hield het in het flauwe licht van het meer. Het was de robijn.

'Waar haal je die nu vandaan?' vroeg Christel verbijsterd.

'Uit mijn zak,' antwoordde ik verbaasd. 'Ik moet hem erin gestopt hebben toen hij te groot voor het luik bleek te zijn.'

Zonder aarzelen duwde ik de edelsteen in de daarvoor bestemde opening; het was tijd om mijn oma op te pikken, om naar huis te gaan. De robijn schitterde en de deur schoof weinig spectaculair open. Ik liep de gang in, met Christel één pas achter mij aan. Er hingen fakkels aan de muur, die automatisch ontbrandden toen wij naar binnen liepen. Verderop in de gang zat een tweede deur, helemaal van metaal en afgesloten met een grendel die gelukkig eenvoudig te openen was. Bruusk gooide ik de grendel los, schoof de deur opzij en liep naar binnen. Ik voelde nog net hoe iets hards mijn hoofd raakte.

Toen ik bijkwam, zat een vreemdsoortige kabouter mij vanaf een kruk aan te staren. Ik realiseerde me dat hij de eerste sprookjesfiguur was die ik in levenden lijve zag.

'Repelsteeltje, neem ik aan?' Ik probeerde naar hem toe te lopen en merkte toen pas dat ik vastgebonden tegen een paal aan stond.

'Waar is Christel?'

'Ik ben hier,' hoorde ik achter mij. 'Ik ben in orde.'

'Waar is mijn oma?' vroeg ik aan de kabouter. 'Waarom zitten we vastgebonden? We hebben ons toch aan de afspraak gehouden?'

'Vragen, vragen, jongenmensen hebben altijd zoveel vragen. Ik zal het goed met je maken: je mag mij drie vragen stellen, daarna ben ik vertrokken, de wijde wereld in.'

'De wijde wereld in, wat ga je daar doen?'

'O, een beetje bedrog hier, wat grappen daar, mijn kind ophalen natuurlijk. Je hebt nog twee vragen.'

'Dat was geen vraag, dat was een uitroep! Waarom ...'

Ik kon me nog net op tijd inhouden, bijna was ik weer een kostbare vraag kwijtgeraakt. Ik dacht na en stelde mijn tweede vraag.

'Waar is mijn oma?'

'In Het Berkenbos, zoals je al weet, maar maak je geen zorgen: ze maakt het goed. Beter dan jij, als ik eerlijk ben.'

Ik dacht weer na. Iets klopte er niet: als mijn oma niet hier was, waarom moesten wij dan komen? Hadden we onze reis voor niks gemaakt?

En toen viel alles op zijn plaats en ik begon te praten.

'Mijn oma is hier nooit geweest, je hebt haar nooit ontvoerd, je wilde dat we jou zouden bevrijden. Iemand heeft jou hier opgesloten en je had ons nodig om je eruit te halen. Wij moesten de voorwerpen vinden die ons hiernaartoe zouden brengen ... je hebt ons erin geluisd! Deze wereld is gewoon een gevangenis, jouw gevangenis. Daarom is het verder ook helemaal leeg.'

De dwerg begon te applaudisseren. 'Briljant, zie je wel dat je een geweldige detective bent! Het duurt soms even, maar als je eenmaal begint te denken ... Hulde!'

Ik werd woedend en begon aan de touwen te trekken.

'Leugenaar, laat ons los, laat ons hieruit, vuile leugenaar!'

'Ho ho ho,' zei de dwerg, en hij keek mij verontwaardigd aan. 'Je mag mij voor een hoop dingen uitmaken, jongenman, maar niet voor een vuile leugenaar; ik lieg namelijk nooit.'

'Welles, je hebt gezegd dat je mijn grootmoeder hebt ontvoerd!'

'Nee hoor, ik heb je alleen gevraagd of je iets kwijt was. De conclusie heb je zelf getrokken.'

Sprakeloos keek ik hem aan, want ik wist dat hij gelijk had.

'Marc, is dat waar?' zei Christel, die zich al die tijd muisstil had gehouden.

Ik bromde iets wat ja of nee kon betekenen.

'Als wij hier ooit uit komen, Marc, wil ik je nooit meer zien. Nooit meer, hoor je dat!'

De dwerg begon de zevenmijlslaarzen aan te trekken die naast hem stonden. Het viel mij nu pas op dat ik met alleen mijn sokken aan in een plas water stond.

'Je hebt nog één vraag van mij te goed, maar je moet wel opschieten, want ik ga er zo vandoor.'

'Hoe kom ik hieruit?' vroeg Christel. 'Ik wil hier weg!'

'Om te beginnen heb je zevenmijlslaarzen nodig om de woestijn door te komen, maar aangezien ik dit paar meeneem, is het antwoord: je komt hier niet uit, toedeloe!'

En met die woorden verdween Repelsteeltje de kamer uit. We hoorden hoe hij de deur dichtschoof en de grendel ervoor deed. Zien konden we niets meer, want met het vertrek van de dwerg doofden alle fakkels.

Als verdoofd hing ik in de touwen en dacht: als Repelsteeltje mijn oma niet ontvoerd had, hoe was ze dan uit haar huis gekomen? Hoe had die kleine rotkabouter mij kunnen bellen, als hij hier opgesloten zat en wie had het briefje op het kussen van oma Bimbam neergelegd? Allemaal vragen die ik hem had kunnen stellen, als ik niet zo dom was geweest en al mijn vragen opgebruikt had aan onbenullige zaken. Niet dat ik wat aan de antwoorden had; zolang we hier opgesloten zaten, maakte het helemaal niets uit wat ik wist.

Ik voelde hoe Christel het touw probeerde los te pulken, maar haar nagels waren zo te merken niet sterk genoeg.

Ze kreunde van pure frustratie. Ik wilde haar opmonteren en zei: 'En ze leefden nog lang en gelukkig, zo eindigen sprookjes toch altijd?'

Weg uit de kelder

Maar lang leven en gelukkig worden konden we wel vergeten als de wolf voor mij zijn zin kreeg. Hoewel, het beest bleef ons weliswaar hongerig aankijken, maar weigerde om ons ook daadwerkelijk op te eten. Ik begon tegen hem te praten om tijd te winnen. Zolang hij naar mij luisterde, kon hij ons niet aanvallen, hoopte ik.

'Kun jij ons hier weghalen, wolfje, is dat waarom je hier bent? Je komt ons helemaal geen kwaad doen hè, je komt ons redden. Daarom wilde je zo graag naar binnen, daarom was je zo boos.'

Ik zei maar wat, maar de wolf keek mij aan alsof hij mij begreep. Hij hijgde van alle inspanning, met zijn tong uit zijn bek. De manier waarop hij keek, deed mij aan iemand denken en opeens viel alles op zijn plaats.

'Papa?'

De wolf jankte nog een keer en begon toen te veranderen: zijn poten rekten zich uit en zijn vacht viel in plukjes op de grond. De slagtanden braken af en er kwam een normaal gebit voor in de plaats.

De hele gedaanteverwisseling duurde niet lang. Hooguit een paar minuten nadat ik mijn vader in de wolf had herkend, lag hij naakt en hijgend op de grond, omringd door plukken haar, afgebroken tanden en nagels.

'Chris, je hoeft niet bang meer te zijn: het is mijn vader, de wolf is mijn vader. Hij is de grote boze wolf en ik ben zijn zoon.'

Het duurde even voordat mijn vader weer bij zijn positieven was en hij durfde mij nauwelijks aan te kijken van schaamte.

'Het is goed, pa,' zei ik, 'het is goed.' Met een stuk steen dat hij op de grond vond, sneed hij ons los. Wankelend probeerde ik te blijven staan. Ik hoorde hoe Christel voorover viel.

'Chris, ben je in orde?'

Bezorgd strompelde ik naar haar toe.

'Christel?'

'Ik ben in orde, Marc.'

Ik keek haar aan en begon opeens te huilen.

'Het spijt me zo, Chris, het spijt me zo dat ik je pijn heb gedaan.'

Ze legde mijn hoofd op haar schouder.

'Ik weet het, Marc, het is goed.'

Ze keek omhoog en gaf een gil.

'Wat,' riep ik ongerust, 'wat is er?'

'Je vader, hij is naakt!'

Ik begon te lachen.

'Doe maar net alsof hij de nieuwe kleren van de keizer aan heeft, oké Chris?'

Het enige wat ze nog uit kon brengen was: 'Ieew!'

Ik keek naar mijn vader, die een oude doek omsloeg, die hij op de grond had gevonden.

'Hoe komen we hier nu vandaan, pap, nu Repelsteeltje de zevenmijls- laarzen heeft meegenomen?' Ik dacht even na en vroeg toen: 'Hoe ben jij hier eigenlijk gekomen?'

'Via een sluipweggetje dat Repelsteeltje niet kent,' zei hij. 'Kom maar met me mee.'

Ik ondersteunde Christel, die nog steeds slap was van het lange staan tegen de paal, en samen volgden we mijn vader de gang in. In plaats van naar het meer te gaan sloeg hij rechts af, een andere gang in, waar aan het eind een hoge, smalle deur in de muur verborgen zat.

'Jullie eerst,' zei mijn vader en hij opende de deur. Hij hielp Christel over de drempel heen te stappen, daarna volgde ik. Even gierde er een vreemde sensatie door mijn lichaam en daarna stond ik opeens in de staande klok van mijn oma.

Ik zette een pas en struikelde over het opstaande randje van de klok. Gelukkig viel ik deze keer in de armen van mijn moeder.

Thuis best

'Pap, heb jij oma Bimbam opgegeten?' vroeg ik.

'Hoe kom je daar nu ineens bij?' antwoordde hij zachtjes.

'Waar is ze dan? Oma is niet ontvoerd, dat was een leugen.'

'Je oma ligt in het ziekenhuis,' nam mijn moeder het van hem over, 'en ze maakt het goed. Ze is gaan dwalen door het dorp nadat ze een vervelend telefoontje had gekregen; ze was helemaal overstuur en verward en is toen naar Het Berkenbos gebracht.'

'Naar het wat?!' riepen Christel en ik tegelijk.

'Ziekenhuis Het Berkenbos. Ze wisten daar niet wie ze was. Pas vanmiddag kwam ze weer bij zinnen en vertelde ze haar naam.'

'Ik ben naar haar huis toe gegaan, terwijl je moeder bij haar in het ziekenhuis was,' zei mijn vader. 'Ik wilde wat kleren voor haar pakken uit de slaapkamer, toen ik zag dat de klok openstond. Ik rook jou, Marc, en ben achter jullie aangegaan. Ik werd zo boos toen ik aankwam en jullie opgesloten vond, dat ik meteen in een wolf veranderde, of ik nu wilde of niet.'

'Mevrouw Van der Bos', vroeg Christel aan mijn moeder, 'wie bent ú dan? Wie trouwt er nou met de grote boze wolf?'

Ik was blij dat Christel het vroeg, want ik durfde het niet te doen; ik keek haar dankbaar aan, mijn vriendinnetje.

'Ik ben Roodkapje, Christel.'

'Roodkapje is getrouwd met de boze wolf?' vroeg ik, en ik keek haar ongelovig aan.

'Het verhaal wordt anders verteld in het sprookje dan dat het werkelijk is gegaan. Jullie denken dat de wolf werd gedood door de jager. Wat niemand weet, is dat de jager en de wolf eigenlijk dezelfde persoon zijn. Marcs vader is vervloekt door de Drie Sneeuwwitjes: hij verandert in een wolf als hij heel erg boos is. Toen ik hem vond, kon ik hem tot bedaren brengen en veranderde hij weer in de jager. Daarna hebben we verzonnen dat de wolf dood was.'

Ik wilde vragen waarom mijn vader een wolf was toen ze hem bij haar grootmoeder vond, en wie de Drie Sneeuwitjes waren, maar mijn vader gaf ons geen kans meer om vragen te stellen.

'En nu naar bed.' zei hij. 'Geen vragen meer. Jullie hebben veel meegemaakt vandaag, en het is tijd om te gaan slapen.'

Sanne

'Ik ben blij dat je even met me mee wilde gaan, Marc, je weet hoe ze aan dat boek gehecht was.'

We stonden voor het huis van Sanne te wachten. Het was twee dagen later en we hadden niets anders gedaan dan slapen.

'Daar komt iemand aan,' zei ik. 'Hé Tim, is Sanne thuis?' vroeg ik, toen Sannes broer de deur opendeed.

'Ja, die zit natuurlijk weer te lezen. Kom binnen,' antwoordde hij.

We volgden Tim de slaapkamer in, waar Sanne inderdaad op de grond lag te lezen.

'Hoi Sanne,' zei Christel, 'we moeten je wat vertellen. Het gaat over jouw sprookjesboek. Het is ...' Ze stopte midden in een zin. 'Wat ... wat heb je daar?!'

Sanne keek verbaasd op.

'Christel, je bent terug!'

Ze sprong op, schoof het boek ruw opzij en gaf Christel een knuffel. Ik herkende het boek op de grond meteen; het zand zat zelfs nog aan de randen.

'Sanne,' vroeg ik. en ik ging op mijn hurken zitten, zodat ik haar recht in de ogen kon kijken, 'waar heb je dat boek vandaan? Dat is toch Christels sprookjesboek?'

'Maar nu is het van mij,' zei ze geschrokken, 'toch, Christel?'

Christel knikte. 'Het is nu van jou, lieverd, maar weet je nog dat ik het van jou geleend had?'

'Ja, voordat je op vakantie ging met Marc,' zei ze grappig.

'Ehm ... ja, vakantie, klopt, maar Sanne, op vakantie ben ik het boek kwijtgeraakt.'

'En een kleine meneer heeft het weer teruggebracht. Hij zei dat jij het vergeten was. Foei, Christel, maar die meneer was het niet vergeten. Hij zei dat hij jou ook niet zou vergeten en Marc ook niet. Lief hè?'

'Hij is hier,' zei Christel en keek mij verbouwereerd aan.

Zonder iets te zeggen gingen we terug naar mijn kamer, waar Christel afwezig op mijn bed ging zitten. Ik pakte het houten bord met de naam van mijn detectivebureau uit de kast en begon op de achterkant te schilderen. Christel bleef voor zich uitstaren.

'Wat nu, Marc?' vroeg ze plotseling. 'Stel dat hij hier komt?'

'Ik denk dat we eens een hartig woordje met onze ouders moeten spreken,' antwoordde ik. 'Want we hebben vragen genoeg: waar Repelsteeltje vandaan komt, waarom hij opgesloten zat en of hij nu achter ons aan komt.'

'Lang en gelukkig hè, Marc, lang en gelukkig ...'

'Het is allemaal mijn schuld, Christel, als ik niet zo nodig ...'

'Ssst ...' zei Christel. Ze kwam dichterbij en legde een vinger op mijn mond. 'Niet doen, hij heeft jou ook voor de gek gehouden. Je kon het niet weten, je was ongerust, je dacht dat er wat met je grootmoeder was gebeurd.'

Haar neus raakte de mijne. Ik dacht meteen aan de zoen die ze mij in de toren gaf.

'Er is trouwens nog iets wat ik niet begrijp,' zei ik snel. 'Als Repelsteeltje al die tijd opgesloten zat, hoe heeft hij mij dan kunnen bellen? En wie belde oma Bimbam en wie legde het perkament op het kussen van haar bed?'

Christel haalde haar schouders op en stond op.

'Wat ga je doen?' vroeg ik.

'Ik ga eerst naar de kapper, en daarna ga ik de magische spiegel weer in elkaar zetten. Ik denk dat we de hulp van het spiegelgezicht goed kunnen gebruiken, denk je ook niet? Als onze ouders niet willen praten, dan zal ik hem eens aan de tand voelen. Ik zie je morgen op school, oké?'

Ik keek haar na terwijl ze mijn kamer uit liep en ging vervolgens verder met mijn nieuwe uithangbord.

"Marc en Christel: Sprookjesspeurders" stond erop.

Plotseling stak Christel haar hoofd om de hoek van de deur.

'Mooi bord,' zei ze met een grijns, 'collega.'

Ik grijnsde terug. 'Fijne dag, collega, ik zie je morgen.'

De Drie
Sneeuwwitjes

Wachten

Ik keek zenuwachtig om me heen terwijl ik op een lolly stond te bijten. We stonden in de tuin van mijn oma en Christel ging iets doen waar ik helemaal niet achter stond. Ik probeerde nog eenmaal om haar op andere gedachten te brengen.

'Christel, hoe denk je zonder zevenmijlslaarzen door de woestijn te komen? Of zonder een kleedje-dek-je? Je gaat dood van de dorst, dat weet je!'

Ik had haar de vraag al drie keer gesteld en kreeg opnieuw hetzelfde antwoord. Ze hield een papiertje omhoog met een regel erop, geschreven in haar eigen handschrift.

'De spiegel vertelde mij dat als ik deze spreuk zou gebruiken, ik direct bij hem terecht zou komen en niet door de woestijn hoefde te reizen. En als ik hem eenmaal had gevonden, konden we weer terug via de toren. Hij zou de weg wijzen.'

'In je droom vertelde hij dat, Christel, in je droom! En zelfs al zou het waar zijn, waarom zou je hem dan geloven? Hij heeft ons al eerder voorgelogen, waarom is deze keer anders?'

'Omdat hij mij nodig heeft, Marc! Een prinses, iemand van adel! En zonder mij komt hij niet uit de woestijn, dus hij moet de waarheid wel vertellen. Let jij nou maar op dat je oma niet onverwachts thuiskomt, dan doe ik de rest wel.'

Met die woorden verdween ze in het huis van mijn oma en liet mij achter in de tuin. Ze leek wel betoverd door de spiegel. Ik voelde me waardeloos. Alles in mij schreeuwde dat ze een fout maakte en dat ik haar tegen had moeten houden. Maar ik durfde niet. Sinds ik haar geslagen had in de ondergrondse grot, durfde ik niet meer boos te worden, was ik zelfs bang om mijn stem te verheffen. Ik was veel te bang om in mijn vader te veranderen. Toch kon ik niet lang stil blijven staan. Nadat ik een paar minuten had staan dubben, sloop ik het huis van mijn oma binnen en liep rechtstreeks naar de staande klok, die nog steeds op dezelfde plek stond. Vorige keer hadden we een sleutel nodig gehad om de deur te openen, maar die was samen met alle andere magische voorwerpen in beslag genomen door onze ouders. Ze hadden het niet nodig gevonden om de klok ook nog weg te halen; zonder sleutel konden we daar toch niets mee doen. Maar dan hadden ze buiten de spiegel gerekend.

De deur van de klok stond wagenwijd open, en in plaats van de slinger zag ik de bekende stenen kamer met de twee houten deuren in de achterste muur. Het zag eruit alsof het een voorportaal was van een oud kasteel. Het kleinste deurtje stond op een kier en ik rook zeewater. Het gedicht had dus gewerkt; de droom was echt geweest. Even twijfelde ik of ik Christel achterna moest gaan, maar ik besloot dat het onverstandig was. Wie zou weten dat wij weg waren, als we opnieuw allebei naar de andere wereld waren vertrokken? Deze keer zou mijn vader ons niet kunnen redden.

Ik nam mijn plaats in de tuin weer in en wachtte af. De grond rondom mij was bezaaid met lollystokjes en ik bedacht dat ik die wel moest opruimen voordat we teruggingen, anders zou mijn oma weten dat ik hier was geweest.

Ruim twee uur later ging de voordeur van het huis open en kwam een verhitte Christel naar buiten. In haar armen droeg ze iets wat aan de vorm te zien niets anders dan de spiegel kon zijn. Het voorwerp was in een blauwe doek gewikkeld, met goudstiksel aan de rand.

Christel zag eruit alsof ze gehuild had.

'Chris! Je hebt het! Is alles goed met je? Wat is er gebeurd?'

Ze knikte en wendde haar hoofd van mij af.

'Laat me met rust, Marc. Blijf uit mijn buurt!'

Met die woorden holde ze de tuin uit, mij verbouwereerd achterlatend.

Ruzie

Ik kreeg Christel pas de volgende dag op school weer te spreken, tijdens de grote pauze. Ik had geprobeerd haar aandacht te trekken in de klas, maar ze had de hele tijd gedaan alsof ze mij niet zag. Nu stond ze uitgebreid te kletsen met een stel meiden die ze normaal geen blik waardig keurde.

'Chris,' fluisterde ik, terwijl ik haar bij haar arm pakte. De meiden begonnen te giechelen.

'O, Christel, kijk maar uit, straks sleept hij je aan je haren mee naar zijn grot.'

Christel rukte zich los en keek mij geïrriteerd aan. Ze liep een paar meter van het groepje giechelende pubers vandaan, totdat we buiten hun gehoorsafstand waren.

'Kan het niet wachten tot vanavond?' fluisterde ze.

Ik slikte een boos antwoord in en schudde wild mijn hoofd. 'Nee, het gaat over gisteravond. Wat is er gebeurd in die woestijn? Je was helemaal overstuur toen je terugkwam. En waarom negeer je mij al de hele ochtend?'

'Er is niks aan de hand, doe niet zo raar. Alleen maar omdat ik je niet meteen aandacht geef? Ik heb meer vrienden, hoor.'

'Maar,' stamelde ik, 'ik mag toch wel weten wat er gebeurd is? Wij zijn De Sprookjesspeurders; meervoud, weet je wel?'

'Ja, en misschien moeten we maar eens gaan stoppen met die flauwekul, Marc. Je had gelijk, het was dom om achter de spiegel aan te gaan. Ik heb hem weer opgeborgen op zolder en nu ga ik mijn tijd besteden aan school. Zou jij ook eens moeten doen.'

Wat haar betreft was het gesprek duidelijk afgelopen. Ze draaide zich om en liep terug naar haar pas gevonden vriendinnen.

De Hoge Landen

'Mam, pap, ik moet jullie wat vertellen.' Ik roerde met mijn vork door mijn nauwelijks aangeroerde avondeten.

Mijn ouders hoorden kennelijk aan mijn stem dat het serieus was, want ze stopten met eten en gingen rechtop zitten.

'Pap, denk je dat je voor een keertje kunt luisteren zonder meteen boos te worden?' Ik probeerde te slikken, maar mijn keel was droog. Ik zag mijn vader verstarren.

'We zullen zien, maar ik beloof niets, Marc …'

Ik gaf geen antwoord, maar maakte ook geen aanstalten om te gaan praten. Na een doordringende blik van mijn moeder knikte mijn vader zachtjes, en zei: 'Ga je gang maar, Marc, wat is er aan de hand?'

Alsof dat het startschot was, ratelde ik af wat er gisteravond gebeurd was. Ik vertelde dat we gewacht hadden tot oma Bimbam naar haar bridgeclub was en dat Christel iedere avond droomde over de spiegel. En dat Christel zonder wat te zeggen was teruggekomen uit de woestijn, mét de spiegel. Over de ruzie van vanmorgen zweeg ik. Ik werd stil en sloeg mijn ogen naar beneden. Mijn moeder fluisterde iets tegen mijn vader.

'Zie je nou wel,' zei ze zachtjes. 'Niets vertellen maakt het alleen maar erger.'

Mijn vader gromde en ik keek aarzelend op. Zijn gezicht stond op onweer.

'Wat nou, zie je nou wel? Dat rotjong moet eens leren naar mij te luisteren, in plaats van altijd maar zijn eigen zin te doen!' Hij stond zo bruusk op, dat zijn stoel met een klap op de grond viel. Hij pakte met beide handen het tafelblad vast, dat meteen begon te trillen.

'Je hebt het beloofd, pap!' zei ik bang.

'En dat is de enige reden dat je geen pak rammel krijgt, Marc. Want ik hou mij wél aan mijn beloftes!'

'We zijn blij dat je het ons verteld hebt, Marc,' zei mijn moeder. 'Het is ook een beetje onze schuld.'

Mijn vader negeerde haar.

'Kom op, we gaan een bezoekje brengen aan dat vriendinnetje van je.'

'Hoe erg is het?' vroeg Christels vader, toen hij onze sombere gezichten zag. 'Is Rumplestiltskin terug?'

Het viel mij elke keer weer op hoe weinig prinselijk Christels vader eruitzag. Zijn huid was een stuk donkerder dan dat van zijn dochter en op zijn hoofd groeide kort kroeshaar. Voor de rest zag hij eruit als iedereen in de wijk: heel gewoon. Hij keek ons bezorgd aan.

'Het valt hopelijk allemaal nog mee, Tarik,' antwoordde mijn vader, die weer iets tot bedaren was gekomen. 'Mogen we binnenkomen?'

'Is Christel thuis?' vroeg ik aan haar vader, terwijl we naar binnen liepen. Christels moeder was de tafel aan het afruimen. Ze was het tegenovergestelde van haar man; klein, slank, blank op het bleke af, en met goudgeel golvend haar dat tot op haar schouders viel. Ze zag eruit alsof ze de oudere zus van Christel was.

'Ik dacht al dat ik je stem hoorde, Marc. Als je Christel zoekt, ben je net te laat: ze is al naar jou toe.'

Mijn vader en ik keken elkaar aan.

'Had ze iets bij zich, mevrouw?' vroeg ik.

'Ja, een blauwe tas geloof ik, of een doek. Is er iets aan de hand, Boris? Tarik?'

Ze keek van mijn vader naar haar man.

Tarik stak zijn handen omhoog. 'Ik weet net zo veel als jij,' zei hij, en hij vervolgde tegen mijn vader: 'Boris, wordt het niet eens tijd dat je ons vertelt wat er gaande is?'

Mijn vader schudde zijn hoofd, en holde naar de achterdeur met mij in zijn kielzog. Tegelijkertijd staken we onze neuzen in de lucht en snoven.

'Ze is niet naar ons huis,' zei mijn vader.

'Ik denk dat ze naar oma Bimbam is. Pap, ze heeft de spiegel bij zich. Denk je dat ze ...?' Ik maakte de zin niet af.

'Marc, ga haar achterna en stop haar. Ik bel je oma.'

Ik verloor geen tijd en holde in de richting van het bos. Ik had de weg door het park nog nooit zo snel afgelegd. De bomen begonnen hun bladeren te verliezen en overal waar ik rende, stoven de bladeren in het rond.

Het huis van mijn oma kwam dichterbij en in de verte zag ik haar al in de deuropening staan. Ik zette een sprint in en kwam hijgend de tuin in hollen.

'Waar is ze, oma, waar is Christel?' hijgde ik.

'O, even naar de wc, Marc, ze dacht al dat je er zo aan zou komen. Heb je zo gerend, jongen, wil je een kopje thee?'

Ik duwde mijn grootmoeder ruw opzij en holde de gang in. Mijn oma reageerde geschokt, maar daar kon ik mij nu even niet druk om maken.

'Christel!' gilde ik. 'Niet doen!'

Het deurtje van de staande klok stond wagenwijd open. Ik keek naar binnen en het stenen kamertje keek terug. Deze keer stond de grote rechterdeur open en rook ik boslucht in plaats van de zee. Achter mij hoorde ik mijn vader het huis binnenkomen en schreeuwen.

'Marc, ga weg van de klok, het is te laat! Ze is verloren als ze de Hoge Landen heeft betreden!'

Verloren? Christel?! Zonder na te denken stapte ik door de smalle klok heen de kamer in. Ik trok de deur van de klok achter mij dicht om mijn vader te vertragen en wierp de grote eikenhouten deur verder open.

Daar gaan we weer, dacht ik nog, en ik sprong de duisternis in. Een bekend gevoel kwam over mij heen en alles werd zwart voor mijn ogen.

Ik werd wakker met mijn hoofd op de grond en mijn mond vol met mos. Ik spuugde de stukjes mos uit en keek in het rond. Ik bevond mij op een open plek in een dicht bos. Het was er koel en ik hoorde verschillende vogels fluiten. Van Christel was geen spoor te bekennen. Ik snoof de lucht in mij op: ze was hier wel geweest, alweer uren geleden. Hoe kon dat nou weer; ze had maar een paar minuten voorsprong! Ik ging op mijn benen staan en klopte het zand van mij af. Waar zou ze naartoe zijn gegaan?

Achter mij hoorde ik wat suizen en met een klap werd ik ondersteboven gekegeld. Fijn, ik was nog geen twee seconden hier of ik werd al aangevallen.

Ik rolde over de grond en sprong direct weer op. De energie stroomde door mijn lichaam. Wow! Deze wereld was goed voor mij, ik voelde me fitter dan ooit! Ik richtte mijn blik op mijn aanvaller en liet mijn armen zakken. Voor mij krabbelde mijn vader overeind. Hij was me achterna gesprongen en tegen mij aan gevallen. Hij keek angstig om zich heen.

'Hoi pa,' zei ik stoer, 'welkom in het grote bos.'

Mijn vader ging recht overeind staan en haalde uit met zijn arm. Hij raakte mij vol in het gezicht en ik proefde bloed in mijn mond. Verbijsterd keek ik hem aan.

'Weet je wat je gedaan hebt?' schreeuwde mijn vader. 'Weet je wel waar we zijn?'

Hij torende boven mij uit, als een kat boven een vogeltje.

'Wij zijn in de Hoge Landen, Marc, in het rijk van de Drie Sneeuwwitjes! Jij hoort hier niet te zijn, je bent ten dode opgeschreven!'

Hij hief zijn hand opnieuw op, alsof hij mij weer wilde slaan. Ik schrok, wankelde en viel achterover.

'Waag het niet om mij nog eens te slaan!' riep ik uit en ik kroop op handen en voeten naar achteren. Mijn vader wierp zich op mij en ik haalde blindelings uit. Vijf enorme nagels boorden zich in de borstkas van mijn vader en evenveel strepen verschenen als bij toverslag in zijn shirt. Ik zag hoe de stof rood begon te kleuren.

'Pap?' gromde ik, terwijl ik overeind kwam en naast hem neerknielde. Mijn vader zonk ineen en greep met zijn handen naar zijn borst.

'Pap!'

Vol walging keek ik naar de behaarde klauwen die mijn handen hadden vervangen. Ik wierp mijn hoofd achterover en huilde naar de zon.

'Papa!!!!'

Ik voelde hoe mijn menselijkheid mij verliet en gaf me over aan de wolf.

De droom

Iedere nacht droomde Christel dezelfde droom. Ze stond voor de staande klok in het huis van oma Bimbam en staarde naar de klepel, die onverstoorbaar heen en weer bewoog. Tik, tak, tik, tak. Het huis was leeg en donker, net zoals Marc het aangetroffen had toen zijn oma verdwenen was. Christel probeerde om zich heen te kijken en weg te lopen van de klok, maar haar hoofd en schouders weigerden dienst en haar benen leken vastgenageld te zijn aan de grond. Gebiologeerd bleef ze naar de zwaaiende klepel staren.

Uit de klok kwam een stem. Niet dat de klok zelf praatte; het was meer alsof er iemand van heel ver probeerde te communiceren en de klok als versterker gebruikte.

'Er was eens, in een land hier ver vandaan, een koningin, Sneeuwwitje was haar naam,' galmde de stem uit de verte.

'Ze was de mooiste van de Hoge Landen, sneeuwwitte huid en prachtige tanden, pikzwart haar en bloedrode lippen; niemand die aan haar schoonheid kon tippen. Totdat er in een land, nog heel veel verder, de dochter werd geboren van een herder. Haar huid was bleker, haar lippen rooier, heur haar was zwarter, haar lichaam mooier. De bevolking hulde haar in glitter en noemde de schone deerne Sneeuwwitter.

Door jaloezie bevangen, beval de witte koningin het mooie meisje op te hangen, maar iedereen ging ertegen in. Want Sneeuwwitter was geliefder om haar schoonheid en haar kracht en voordat Sneeuwwitje kon protesteren, werd ze naar de kerkers gebracht. Daar sleet ze in stilte haar laatste dagen, terwijl Sneeuwwitter de troon besteeg. Maar let op, het verhaal gaat verder, want ook zij kreeg een koekje van eigen deeg.'

De stem laste een dramatische pauze in voordat hij verder vertelde.

'Een koningskind, het mooiste van alle landen, met het zwartste haar en de witste tanden, werd in het verste land geboren en bij het prilste ochtendgloren door de bevolking uitverkoren. Haar plaats was op de mooiste troon, op haar hoofd kwam de schitterendste kroon, zij zou alle rijken samenvoegen, alleen met Sneeuwwitst nam men genoegen.

"Witter dan wit" werd de leuze in de Hoge Landen. Het deed koningin Sneeuwwitter knarsetanden. Wie dacht ze wel dat ze was, dat witste kind! Wist ze niet dat de sterkste overwint? Ze bevrijdde Sneeuwwitje uit haar kerker en onder het motto "Samen sta je sterker" begonnen ze twees-gezind een waar en koninklijk schrikbewind.

Een hevige strijd teisterde de Hoge Landen, oorlog woedde in het ganse rijk. De legers van de Drie Koninginnen maakten de wereld met de grond gelijk.

Na jaren van strijden was de strijd eindelijk gestreden. De landen overwonnen, het meeste leed geleden. Met haar bloedrode zwaard stond Sneeuwwitst voor de twee koninginnen, klaar om aan het laatste gevecht te beginnen.'

Ademloos luisterde Christel in haar droom naar de stem uit de klok, die verhaalde over de laatste oorlog. In haar bed draaide ze zich een paar keer onrustig om. Het witte kristal om haar nek schitterde met een heldere gloed en verlichtte de kamer. Haar ogen bewogen onrustig heen en weer achter haar oogleden. Maar in haar droom stond ze bewegingloos voor de staande klok te wachten tot de stem verderging met vertellen.

'De menigte voor het paleis hield de adem in, want niemand gaf nog om kleur van huid of haar. Men was de oorlog meer dan zat, men wilde een vreedzame koningin, het was om het even welk exemplaar. Een kreet van ontzetting ging door het publiek, toen de deuren van het balkon opengingen. Daar kwamen als één vrouw aangeschreden, de Drie Sneeuwwitte Koninginnen. Met één stem, één mond, werd het volk toegesproken. Er werden nieuwe wetten verkondigd, er werd kwaadgesproken. Vanaf vandaag, zeiden de Drie Sneeuwwitjes, zijn alle kinderen verboden. Geen prins of prinses zal nog aanspraak maken op de troon. Wij zullen alle kinderen doden, in ons land is geen plaats meer voor vrouwelijk of mannelijk schoon!

Geachte onderdanen, vroegen de koninginnen, heel charmant. Wie o wie zijn de mooisten van het land?'

Met een knal sloeg de deur van de staande klok open en een woestijnwind waaide de gang in. Christel werd bijna omvergeblazen. Het huis begon om Christel heen te draaien. De muur met de klok draaide een kwartslag, zodat de openstaande klok boven haar hoofd kwam te hangen. De klok viel naar beneden. Christel wilde wegduiken, maar stond nog steeds aan de grond genageld. De opening van de klok viel over haar heen en zand waaide in haar ogen.

Christel stond in de woestijn naast een van de zevenmijlslaarzen die Marc en zij bij hun vorige bezoek hadden achtergelaten. De laars was buitenproportioneel gegroeid en leek zo groot als een schuur. Christel merkte dat ze zich weer kon bewegen en liep naar binnen. Op de grond lag de spiegel.

Het glas van de spiegel begon te beslaan en in de condens verscheen een bekend gezicht. De mond bewoog en de lege ogen staarden Christel doods aan.

'Help mij, prinses Christel, haal mij hier vandaan. Ik zal u rijkelijk belonen, samen zullen we de Drie Sneeuwwitjes verslaan. Geef mij nu eindelijk mijn zin, en u wordt de nieuwe koningin.'

En iedere nacht, precies op dat moment, werd Christel wakker, badend in het zweet.

Het Water des Levens

Ik opende mijn ogen, om ze meteen weer te sluiten omdat ik recht in de
felle zon keek. Ik lag op mijn rug op een stuk bosgrond en voelde hoe
de zonnestralen over mijn lichaam kietelden. Grassprieten prikten in
mijn blote rug. Verbaasd opende ik mijn ogen, eerst tot een spleetje en
toen helemaal. Ik ging verschrikt overeind zitten en keek om mij heen
of iemand mij zag. Ik had geen kleren aan! Hoe kwam dat? Er was
gelukkig niemand te zien in het bos. Ik kwam overeind en keek of ik
ergens mijn broek en T-shirt kon vinden, maar het enige wat ik zag
waren wat plukken haar en stukjes tand. Waar was ik terecht gekomen?
Op dat moment zag ik mijn vader liggen.
Hij lag rochelend op de grond met een gapende wond in zijn borst.
Zijn shirt was doorweekt van het bloed en zijn lichaam schokte alsof het
onder stroom stond. Ik haastte mij naar hem toe.
'Papa! Wat is er gebeurd, papa? Papa, kun je mij horen?'
Ik boog mij in paniek over hem heen, mij ondertussen afvragend wie of
wat hem zo toegetakeld kon hebben.
Hij sloeg zijn ogen open en probeerde te praten. Er liep bloed uit zijn
mond en hij probeerde overeind te komen. Zo goed en zo kwaad als het
ging, ondersteunde ik hem en ik hield mijn oor bij zijn mond.
'Papa, wat is er gebeurd, wie heeft dit gedaan? Niet doodgaan, papa,
niet doodgaan.'
Hij schudde nauwelijks merkbaar zijn hoofd en bracht zijn lippen dicht
bij mijn oor.
'…ate… wa...r,' fluisterde hij.
Water! Hij wilde water! Ik legde zijn hoofd voorzichtig op de grond en
ging op zoek naar een plas of een meertje. Ondertussen bekroop mij een
gevoel van onbehagen, alsof ik iets belangrijks gemist had. Ik speurde
het bos af, snoof en luisterde of ik ergens water kon horen of ruiken.
Het bos rook fris, gezond zoals onze wereld moet hebben geroken voordat de mens er kwam, zonder uitlaatgassen en andere vervuiling. Alleen
de geur van Christels aanwezigheid was hier vreemd, maar zelfs die
begon te vervagen. Wat overbleef was de geur van mijn vaders bloed.
Nergens was water te bekennen. Ik raakte in paniek, ik moest iets doen,

anders was mijn vader verloren!

Ik draaide mij om, om mijn vader te vertellen dat ik verderop ging zoeken, toen ik een dwerg aan mijn vaders zij zag zitten. Ik stormde op het wezen af en schreeuwde naar hem.

'Blijf bij hem vandaan! Ga daar weg, laat hem met rust!'

De dwerg keek op en bestudeerde mij met een trieste uitdrukking. Ik zag dat hij een klein flesje uit zijn tuniek haalde en tegen de lippen van mijn vader drukte.

'Jouw vader heeft aan gewoon water niet genoeg, jongenman. Ik heb hem enkele druppels te drinken gegeven en zijn wonden verzorgd met helend kruid, maar het zal alleen maar zijn lijden verzachten, zijn sterven vertragen. Ik ken maar één medicijn dat zijn leven nog zal kunnen redden en dat is een kop van het Water des Levens.'

'Je hebt hem erg toegetakeld,' voegde hij eraan toe.

'Wat?!' riep ik uit, en ineens kwamen de afgelopen uren weer terug in mijn geheugen en werd ik overspoeld met de herinneringen die ik zo angstvallig had proberen weg te drukken. Ik was in een wolf veranderd, net als mijn vader. De vloek van de Drie Sneeuwwitjes was op mij overgedragen!

Ik zonk ineen op mijn knieën en begon hysterisch te gillen.

'Ik heb hem vermoord! Hij viel mij aan en ik reageerde!' gilde ik. 'Het is allemaal mijn schuld en nu gaat hij dood. Ik heb mijn vader vermoord.'

Ik liet mijn hoofd in mijn handen vallen en begon te huilen.

'Mama, het spijt me zo, mama.'

Ik probeerde nog meer ineen te kruipen, probeerde te verdwijnen, letterlijk door de grond te zakken van ellende, toen een kleine hand mij niet erg zachtzinnig bij mijn haar pakte en mijn hoofd omhoogduwde. De dwerg was kennelijk in een oogwenk van mijn vader naar mij toe gesneld, want hij stond voor mij en keek me met dezelfde trieste blik aan.

'Met je boze daad zul je moeten leren leven, jongenman, maar met de dood van je vader hoeft dat misschien niet. Er is een kans, een kleine kans, dat je vader het overleeft, als hij drinkt, binnen enkele dagen, van het Water des Levens.'

Ik keek de dwerg aan, door de tranen in mijn ogen heen, maar zijn woorden drongen nauwelijks tot me door. De dwerg zuchtte en gaf me een ferme klap in mijn gezicht en nog een.

'Verman je, je hebt geen tijd meer om te treuren of te smeken, gedane zaken nemen geen keer, keer deze zaak voordat hij is gedaan.'
Ik veegde de tranen weg en begon te stamelen.
'Het Water des Levens, weet u zeker dat ...?'
'Niets is zeker, maar er is een kans. Ga nu, verspil geen tijd: niet alleen het leven van je vader staat op het spel, maar ook je eigen toekomst; je hebt bloed geroken, maar nog niet verspild. Het is nog niet te laat.'
De dwerg keek me doordringend aan, maar gaf mij geen ruimte voor zelfmedelijden.
'Het is jouw keus, net zoals alles je eigen keus is geweest.'
Hij keek veelbetekenend naar het schokkende lichaam van mijn vader.
Ik ging staan en haalde diep adem.
'Waar vind ik het Water des Levens?' zei ik met moeite.
'Het water ontspringt in een fontein op de binnenplaats van een magisch kasteel, op de top van een berg in het midden van een betoverd meer. Maar je zult het kasteel niet kunnen betreden als je geen ijzeren staf hebt en twee stukken brood. Je hebt de staf nodig om de poort te openen; sla driemaal met ijzer op ijzer. Gooi het brood voor de leeuwen en ga het kasteel binnen. Eenmaal in het kasteel mag je een kop water uit de fontein nemen, niet meer dan één, en je moet ervoor zorgen dat je vóór de klok twaalf slaat weer buiten de poorten staat. En let op: val niet in slaap!'
'Ga nu, naar waar de zon je heen leidt, en kom niet terug, tenzij je het levenswater bij je draagt.'
Ik knikte en bedankte de dwerg voor zijn goede raad. Ik wilde op weg gaan, maar bedacht me en vroeg, terwijl ik mijn ogen neersloeg:
'Meneer, hebt u misschien wat kleren voor mij?'
De dwerg haalde vanachter een boom kleding tevoorschijn, een knapzak gevuld met brood en fruit en een kruikje bronwater. Ik vroeg mij af hoe hij mijn maat wist.
Gekleed in een eenvoudige tuniek die de koelte van de bomen vasthield en de warmte van de zon buitensloot, begaf ik mij naar het westen, knapzak op mijn rug, de waterkruik in mijn riem gestoken. Als de situatie niet zo hopeloos was geweest, had ik waarschijnlijk gefloten.

Al met al verliep het begin van de reis voorspoedig. In eerste instantie liep het bospad gelijk op met de zon en kwam ik niemand tegen. Helaas gaf mij dat alle ruimte om de gebeurtenissen van de afgelopen uren in mijn hoofd te herhalen, totdat ik dacht dat ik gek werd. Op een gegeven moment dwong ik mezelf niet meer aan het lichaam van mijn vader te denken, maar aan Christel. Wat had haar bezield om de deur naar de Hoge Landen te openen en erdoorheen te stappen? Wat was er zo belangrijk dat ze, in haar eentje nota bene, hiernaartoe moest komen? Stond ze onder de invloed van de spiegel? Waar zou ze nu zijn?

De spiegel spreekt

Christel had Marc achtergelaten in de tuin van zijn oma en liep nu naar
de klok toe. Ze vroeg zich niet af waarom ze Marc niet in vertrouwen
had genomen. Het klopte wel dat het onverstandig was om opnieuw
samen naar de woestijn te gaan – zeker zonder iemand in te lichten –
maar toch vertelde ze hem het sprookje van de Drie Sneeuwwitjes niet.
Straks pakte hij haar de troon af! Ze ging voor de klok staan en zei:
'Geachte onderdanen, wie zijn de mooisten van het land?' Ze hoefde
niet eens op haar papiertje te kijken.
De deur van de klok kraakte open en Christel keek de stenen kamer
binnen. De linkerdeur stond op een kier. Christel vermoedde dat Marc
de zee zou kunnen ruiken met zijn wolvenneus. Zelf rook ze niets. Ze
haalde diep adem en hoopte dat ze gelijk had en dat ze inderdaad dichtbij de spiegel terecht zou komen. Zonder kleedje-dek-je zou ze het niet
lang volhouden in de woestijn. Ze opende de deur en keek de leegte in.
Zou ze Marc er toch bij roepen? Wist ze zeker dat ze dit moest doen?
Ze hoorde een geluid. Marc kwam het huis binnen. Hij zou toch buiten
blijven, dacht ze geïrriteerd, en ze sprong de diepte in.

Deze keer was Christel zich veel bewuster van haar aankomst dan in
haar droom. Ze voelde hoe ze door de lucht heen bewoog en ze durfde
zelfs haar ogen te openen voordat ze de grond raakte. Ze rolde met haar
val mee en kwam tot stilstand op de top van een zandheuvel, die uitkeek op een enorme bruine laars die op zijn kant in het zand lag. Boven
de laars uit torende de witte toren van Rapunzel, haar moeder. Als een
surfer op het water schoof ze langs de kant van de heuvel omlaag,
ondertussen haar evenwicht bewarend door haar armen uit te strekken.
Haar droom was waar geweest! Ongeduldig holde ze het laatste stukje
over het zand en rende om de laars heen. De opening was groot genoeg
om naar binnen te lopen. Op de grond zag ze de spiegel liggen. Christel
ging op haar hurken zitten en klopte op het glas. Prompt begon de spiegel te beslaan, maar in plaats van een landschap, zoals vorige keer, verscheen er deze keer direct een gezicht in de nevel. Met holle stem decla-
meerde de spiegel in zijn voor Christel karakteristieke, maar kromme

rijm: 'Wie is het die mijn rust verstoort ... O, bent u het. U hebt er wel de tijd voor genomen, hè? Voordat u de droombeelden hebt gehoord. Of begrepen. Of hebt u hem soms geknepen? Of heeft die boerenpummel ingegrepen? Of ...'

Christel stond op en liep zonder wat te zeggen de laars uit. Achter zich hoorde ze de spiegel stamelen: 'Excuseert u mij, ik ben wat kribbig. Dat krijg je als je weken in het zand ligt. Ik reageerde iets te snibbig. Mijn verontschuldigingen, ik hou mijn mond al dicht.'

Op haar gemak keerde Christel weer terug naar haar positie naast de spiegel en ging op haar knieën zitten.

'Zo, dus jij vertelde mij het sprookje van de Drie Sneeuwwitjes in mijn droom?' Toen het antwoord uitbleef, voegde ze er snel aan toe: 'O spiegel, antwoord mij zonder schroom.'

'Geloof mij, prinses Christel, als ik u zeg: dat was geen sprookje, dat was echt. De troon staat op u te wachten. Voelt u het graniet niet naar u smachten?'

'Je rijmelarij wordt er niet beter op, weet je dat? Word je het rijmen nou nooit eens zat?'

'Vrouwe, vele duizenden jaren geleden werden mijn gedichten alom geprezen en zelfs op scholen voorgelezen. Ridders daagden mij uit tot rijmgevechten, die ik uiteraard in mijn voordeel beslechtte. Maar nu, zonder luisteraars van faam, zonder uitdagers van naam, rest mij weinig anders dan rijmelarij, zoals u zegt. En een beetje schelden op uw knecht.'

De spiegel grijnsde bij deze laatste opmerking. Christel begon zich alweer flink te ergeren aan het wezen.

'O ja, laat ik je vast waarschuwen, mijn spiegelende vriend. Van negatieve opmerkingen over Marc ben ik nog steeds niet gediend. Vertel mij nou maar zonder dralen: waarom al die Sneeuwwitjesverhalen? Is het waar, zijn er echt drie witte koninginnen? En wat wilde je met mij beginnen?'

Het bleef even stil, langer dan Christel gewend was. Vlug checkte ze haar zinnen, of alles wel echt rijmde, maar dat was het niet. Dralen/verhalen, koninginnen/beginnen. Of haar juf er blij mee zou zijn, was een tweede, maar het rijm was er, dus dat kon het niet zijn. Net toen ze opnieuw een 'gedicht' wilde formuleren, begon de spiegel weer te praten.

'Ik kan uw vragen niet beantwoorden zonder uw verbod te schenden,' zei hij aarzelend. 'Misschien dat ik mij tot beelden mag wenden?'

'Wat bedoel je, welk verbod? Heb ik je iets verboden? Heb je het over Marc? Wat heeft hij hiermee te maken?'

'Veel, helaas, het spijt mij dat te zeggen. Maar ik kan het u alleen laten zien, ik mag het u niet uitleggen. U zei mij dat u niet was gediend van negatieve verhalen over uw vriend.'

Christel vroeg zich af of ze wilde zien wat de spiegel bedoelde. Maar ze had nu A gezegd, en als ze niet akkoord zou gaan met wat hij voorstelde, zou ze zich voortaan iedere dag afvragen wat er aan de hand was.

'Ga je gang,' zei Christel met bevende stem, 'laat het mij maar zien. Met alle gevolgen van dien …'

De condens verdween van het spiegelende oppervlak, tegelijk met het gezicht, en er verscheen een boslandschap in de spiegel. Het zag er vredig uit. De zon scheen en hoewel Christel de vogeltjes niet kon horen fluiten, zag ze ze wel zitten op de takken van de bomen. Marc viel uit de lucht en op de grond, met zijn gezicht in het gras. Hij krabbelde overeind en spuugde een mondvol mos uit. Christel moest lachen. Hij leerde het ook nooit. Je moet meerollen!

Haar glimlach verdween van haar gezicht toen ze zag hoe Marc omvergekegeld werd door zijn vader en hoe hij door hem geslagen werd. Ze balde haar vuisten. Ze zag hoe Marc achteruitdeinsde en deelde zijn verontwaardiging.

Die man was niet goed wijs! Hij moest eens leren zijn handen thuis te houden, de schoft! Christel zag de verandering in Marcs gezicht nog voordat zijn vader het merkte. Er begon haar op zijn wangen te groeien en zijn tanden werden langer. Zijn kaak schoof naar voren en hij gromde zonder geluid, terwijl zijn ogen vernauwden. Marc haalde uit met zijn behaarde arm en sloeg met zijn nagels in de borstkas van zijn vader. Hij bewoog zijn arm met veel kracht naar beneden en maakte vijf bloederige strepen in het shirt van zijn vader. Christel gilde en wierp zich op de spiegel: 'Marc! Nee, niet doen! Maaaaarc!'

Marcs vader viel achterover en Marc huilde naar de lucht. De metamorfose ging door en binnen enkele minuten was Marc verdwenen en sloop er een middelgrote wolf rond het lichaam van de bewusteloze man op de grond. De wolf likte zijn lippen af. Christel wendde haar hoofd af en begon te huilen.

'O Marc, het was een ongeluk: hij begon, niet jij. Waarom moest je dit nou doen?'

Op dat moment begon het beeld in de spiegel te versnellen, alsof het vooruitgespoeld werd. Een veelheid aan kleuren en onherkenbare beelden schoot over het oppervlak heen, totdat ze weer tot rust kwamen bij een kasteel. Een balzaal verscheen, met in het midden een enorme, zware granieten troon, waarop vaag drie figuren te zien waren. Maar Christels aandacht werd getrokken door iemand die naast de troon stond. Ze was het zelf! Ze had een prachtige jurk aan en een glinsterend diadeem in haar haar. Om haar hals hing het witte kristal dat ze altijd om had, maar nu was het gevat in een prachtige zilveren ketting. Ze zag zichzelf glimlachen en ze lachte onwillekeurig mee.

Opeens verdween de glimlach van allebei haar gezichten. De Christel in de spiegel hief zonder enige moeite een enorm zwaard boven haar hoofd en staarde naar een wolf die de balzaal was binnengekomen. Het was Marc. Christel zag dat ze iets naar de wolf riep, maar omdat de spiegel alleen beeld gaf en geen geluid, kon ze niet horen wat ze zei. Wat het ook was, ze kon niet voorkomen dat wolf-Marc een sprong maakte en Christel tegen de grond wierp. In één beweging sloot hij zijn kaken om haar hals en ...

Het beeld verdween en het gezicht keerde terug. Verbijsterd staarde Christel naar de spiegel; de tranen biggelden over haar wangen.

'Wat, wat was dat ...? Was dat Marc die mij aanviel? Hij ... hij wilde mij vermoorden, wat ...?'

'U moet goed begrijpen, wat u net zag, heeft nog niet plaatsgevonden, deze nacht. Maar tegelijkertijd is het al wel gebeurd; het heeft de toekomst al besmeurd. Deze gebeurtenissen zijn niet meer te voorkomen, maar uw leven kan nog worden gered. Ik smeek u met mij mee te komen en precies te doen wat ik u zeg. Niet alleen red ik u van de wolvenzoon, ik geef u ook de heksentroon.'

Apathisch knikte Christel met haar hoofd. Het maakte allemaal niet meer uit, Marc zou haar, Marc ... Als ze het niet gezien had, dan zou ze het niet geloofd hebben. Marc? Ze stond op en volgde de aanwijzingen van de spiegel. Verderop in de laars lag een blauwe, met goud geborduurde doek, waarin ze de spiegel wikkelde voordat ze de laars verliet. Als verdoofd wandelde ze naar de toren, en begon de bonenstaak te beklimmen. Op weg naar huis.

De volgende dag liet ze Marc zo veel mogelijk links liggen; ze durfde hem nauwelijks in haar buurt te dulden. Hij eiste dat ze hem zou vertellen wat er gisteravond was gebeurd en ze voelde haar bloed uit haar gezicht wegtrekken van angst. Er zat niets anders op dan van hem weg te lopen. Ze ging bij een stel klasgenoten staan en deed alsof ze geïnteresseerd was in hun verhalen, terwijl ze Marc vanuit een ooghoek in de gaten hield.

Die avond keek Christel uit het raam en zag waar ze al bang voor was geweest. Marc kwam haar kant op. Hij had zijn vader meegenomen, vast en zeker om haar tegen te houden. Gelukkig was ze erop voorbereid. Zonder aarzelen pakte ze de blauwe doek onder het bed vandaan,

wikkelde de spiegel erin en liep de trap af.

'Mam, ik ga naar Marc!' riep ze, alsof er niets aan de hand was. Ze trok de achterdeur open en loog: 'Ik ben op tijd terug.'

Zonder een antwoord af te wachten, liep ze de tuin uit en sloeg de richting in van het huis van oma Bimbam. Ze durfde niet te denken aan wat ze ging doen, maar ze had geen keus! Terwijl ze haar pas versnelde, trok ze de spiegel half onder de deken vandaan.

Al lopend vroeg ze hem: 'Spiegeltje, spiegeltje, we zijn nu op weg naar het huis van oma Bimbam. Toen ik wegliep, zag ik dat Marc er al aan kwam. We waren bijna te laat! En weet jij hoe de deur naar de Hoge Landen opengaat?'

De spiegel fluisterde in rijm dat alles onder controle was.

Christel belde aan bij oma Bimbam, die verbaasd opendeed. 'Marc komt er zo aan, we wilden u verrassen,' zei ze onschuldig. 'Maar ik moest ineens heel erg naar het toilet, dus ik ben vast vooruitgelopen.'

Oma Bimbam liet haar binnen en bleef zelf in de deuropening op Marc wachten. Christel voelde zich een beetje schuldig, omdat ze tegen haar gelogen had. Ze liep snel door naar binnen en haalde de spiegel uit de doek.

'Spiegeltje, spiegeltje, niet getreurd. We zijn er, nu ben jij aan de beurt.' De spiegel begon een aantal onverstaanbare zinnen te prevelen en de klok sprong open. Voor de tweede keer deze week keek Christel de stenen kamer in. Maar nu stond de rechterdeur open. Ze aarzelde niet, ze wilde weg zijn voordat Marc en zijn vader arriveerden. Eenmaal in de kamer klemde ze de spiegel tegen zich aan, haalde diep adem en sprong in het diepe.

IJzeren Hans

Gefascineerd stond ik naar de enorme boom voor mij te kijken. Het ding was zeker twintig meter hoog en had lange, dunne bladeren als haren langs zijn stam en takken hangen. Maar dat was niet wat mijn aandacht trok. Het was het gezicht dat zich hoog in de boom aftekende. Ik vroeg mij net af of het gezichtsbedrog was of dat ik daadwerkelijk met een menselijke boom te maken had, toen het ding begon te praten. 'Kun je het zien?' vroeg de boom, een beetje agressief. De stem galmde in mijn oren.

'Nu wel,' zei ik, 'maar ik twijfelde even of je echt was of niet.'

'Ik ben echter dan echt, groter dan groot en sterker dan sterk,' zei hij en hij ging op zijn hurken zitten. 'IJzeren Hans is de naam,' voegde hij eraan toe, en hij stak een enorme knuist uit ter grootte van een flinke stoel. Ik tikte even met mijn hand tegen een vinger aan en trok hem snel weer terug, voordat hij het idee zou krijgen om mijn hand te schudden en mijn arm zou amputeren.

'Hè, je bent geen boom, je bent een reus?' riep ik verbaasd.

'Een boom? Je noemt mij een boom? Een boom van een vent, dat ben ik, en een reus van een kerel, dat zul je bedoelen!'

Ik knikte snel en heftig op en neer. Ja, natuurlijk, dat bedoelde ik. Zelfs op zijn hurken torende IJzeren Hans nog zeker vijf meter boven mij uit, en ik had het gevoel dat als hij kwaad wilde, hij me met één klap zou kunnen pletten als een lastige mug.

'Mijn naam is Marc, aangenaam, meneer Hans,' zei ik.

'Een wolvenjong, dat is lang geleden. Weinig wolven hier en al helemaal geen jongen,' antwoordde hij en hij ging met een zodanige dreun op de grond zitten dat ik van mijn voeten werd geslagen en achterover viel.

'Sorry,' fluisterde de reus, wat in mijn oren nog steeds klonk alsof er iemand aan het schreeuwen was.

'Zo oud als ik ben, ik ken nog steeds mijn eigen kracht niet.' Een bulderende lach volgde en deze keer voelde ik het verschil tussen fluisteren en schreeuwen in mijn trommelvliezen.

Terwijl hij ging zitten, vielen zijn lange grijze haren en even lange baard om hem als een tent en bedekten binnen enkele seconden zijn gehele lichaam. Het ging echter niet snel genoeg om te verbergen dat de reus weliswaar heel groot was, maar ook heel oud, mager en stram.

'Hoe weet u dat ik een wolvenjong ben?' vroeg ik voorzichtig, terwijl ik overeind kroop en voor IJzeren Hans ging zitten.

'Omdat je sprekend op je vader lijkt natuurlijk. Betoverde wezens met gespleten persoonlijkheden zoeken elkaar op, weet je. En Boris was zo gespleten als maar kan, een jager én een wolf, hoewel, dat klopt ook eigenlijk weer wel. Hoe is het met Boris? Nog steeds zo goedgehumeurd? Hèhèhè.'

Ik was al bang dat die vraag zou komen, toen de reus over mijn vader begon, en ik stamelde een snel antwoord.

'Niet goed, hij is heel erg ziek en ... ik ben op zoek naar het Water des Levens. Ik heb nog maar een paar dagen, voordat ...'

'Ha!' bulderde de reus. 'Het Water des Levens, dan wens ik je veel succes! Vroeger mocht iedereen nog een kopje levenswater uit de Fontein des Levens halen, zolang hij het niet voor zichzelf gebruikte tenminste, maar met de Koninginnen van de Nacht aan de macht is het onmogelijk om zelfs maar een drúppel naar buiten te smokkelen die niet voor hen bestemd is.' Zijn stem galmde door het bos en ik moest mijn oren beschermen tegen het lawaai.

IJzeren Hans boog zich voorover, tot zijn gezicht vlak voor het mijne hing. Gelukkig bedacht hij op tijd dat hij moest fluisteren, anders waren mijn trommelvliezen zeker gescheurd.

'Vroeger, Marc, toen de wereld nog nieuw was en koninkrijken opkwamen en verdwenen alsof het seizoenen waren, golden er nog regels in dit land. Om mijn hulp in te mogen roepen, bijvoorbeeld, moest je eerst drie dagen in een put met gouden water staren en zorgen dat er geen bladeren in vielen. Maar sinds de Drie Koninginnen de Hoge Landen regeren, zijn er geen regels meer, alleen maar grillen. Dus zat ik te denken, Marc, als jij en ik nu eens dat water gaan halen voor je vader? Ik weet zeker dat ik je sneller bij de fontein kan brengen dan jij kunt lopen.'

De lange, grijze haren van de reus wapperden om het grijnzende gezicht en zijn baard hing ongemerkt in een plasje water. Ik ging staan, boog en zei: 'IJzeren Hans, ik zou mij vereerd voelen.'

De reus begon zo hard te lachen dat de luchtstroom mij enkele meters verderop tegen een boom wierp. Met suizende oren en knallende koppijn kroop ik weer naar de reus toe, die geluidloos het woord 'sorry' uit-sprak. Hij boog zich nogmaals voorover en schoof zijn baard naar mij toe als ladder. Niet veel later zat ik op zijn linkerschouder, met mijn handen in zijn haar, en waren we op weg naar het kasteel met de Fontein des Levens.

Na twee dagen lopen kwamen we bij een ravijn. De eerste dag was ik nog te trots geweest om de hele tijd op IJzeren Hans' schouders te blij-ven zitten, maar toen ik merkte dat we niet opschoten zolang ik het tempo aangaf, liet ik mijn trots varen en klom weer langs zijn haar omhoog. De tweede dag legden we dan ook twee keer zo veel kilometers af.

Toch, ondanks de hoge snelheid waarmee we nu door de Hoge Landen reisden, maakte ik mij steeds meer zorgen over mijn vader. Het was drie dagen geleden dat ik hem had achtergelaten en hij had eruitgezien alsof hij het einde van de avond niet zou halen.

Wie weet was hij al dood.

Hans zei weinig onderweg, alsof hij voelde dat ik niet in de stemming was voor koetjes en kalfjes. En als hij al wat fluisterde, dan was het in zichzelf. Dan vroeg hij zich hardop af welke kant we op moesten, gra-vend in zijn geheugen naar paden die hij lang geleden had afgelegd.

Hans stopte bij de ingang van het ravijn en ik vroeg hem waarom. Aan weerskanten doemden de bergen op, maar de doorgang was breed genoeg voor een heel leger van reuzen.

'Er is iets met het ravijn,' antwoordde Hans met gedempte stem. 'Ik ben hier nooit geweest, dat wil zeggen, niet vanaf deze kant, maar ik herin-ner mij een verhaal …'

Hij nam op de grond plaats, met zijn benen opgetrokken, en legde zijn hoofd op zijn knieën. Lange slierten haar wapperden als een stukgeknipt gordijn om hem heen in de wind. Het was een vreemd gezicht, maar niet vreemder dan Hans zelf was: een reus van een man, maar met een lichaam zo dun, zo oud, dat het leek alsof het ieder moment uit elkaar kon vallen. Zijn houding was stoer en joviaal en hij sprak tegen mij alsof hij me al jaren kende. Toch bekroop mij steeds meer het gevoel dat er veel was wat hij niet vertelde. Ik ging naast hem zitten en probeerde wat te slapen. Het lukte niet.

'Je hebt gelijk,' fluisterde Hans ineens, en ik keek op en ik zag hem voor zich uit staren, 'en misschien vertel ik je er nog weleens over. Maar niet nu, nu gaan we het ravijn in. Er gaat iets ergs gebeuren in het ravijn, maar ik kan me niet meer herinneren wat. Ouderdom is iets verschrikkelijks, Marc, verschrikkelijk gewoon. Het haalt van alles bij je weg: herinneringen, kracht, mensen van wie je houdt … En wat krijg je ervoor terug? Stramme botten en een oude ziel. Het is een slechte ruil, Marc, geloof me.'

Met die schimmige woorden stond hij op en keek het ravijn in. Woordeloos klom ik via zijn haren op zijn rug en nam plaats achter zijn oor. Het leek een eeuwigheid geleden dat ik met mijn vader had gevochten. Hoe zou het met hem zijn?

De eerste uren gebeurde er niets. Het ravijn was koud en doods maar leek ongevaarlijk. De grond was redelijk begaanbaar en er was een volstrekte afwezigheid van dieren en planten. Hans bleef alert, maar ik merkte dat ik in slaap begon te vallen. Mijn hoofd viel steeds voorover en op een gegeven moment liet ik het rusten in het kluwen haar.

Ik werd wakker omdat we gestopt waren.

'Ik weet het weer, Marc! Ik weet het weer!' Hans klonk als een kind zo blij.

Ik liet me slaperig van zijn rug glijden en gaapte.

'Wat weet je weer, Hans?'

'Wat er zo gevaarlijk is aan dit ravijn! Ik zag de bergwand dichterbij komen en ineens kwam alles weer terug.' Hans deed zijn best om te blijven fluisteren, zodat ik geen last had van de kracht van zijn stem, maar het kostte hem zichtbaar moeite.

'Zie je de wanden links en rechts opdoemen? Hoe verder we lopen, hoe dichterbij ze zullen komen, totdat we niet meer verder kunnen. Maar als we om willen keren, zul je merken dat ook achter ons de bergwanden ons ingesloten hebben. Ineens wist ik het weer, is het niet mieters?!'

'Ehm, ja, dat is inderdaad heel eh, mieters,' zei ik, 'maar hoe komen we hier dan uit?'

'Ja, dat is inderdaad een probleem. Het is geloof ik de bedoeling dat je hier blijft wachten, totdat je wordt vrijgelaten.'

Ik keek hem met opgetrokken wenkbrauwen aan.

'Maar … dat is niet wat we gaan doen,' vervolgde de reus. 'Al heb ik momenteel geen flauw idee welke andere mogelijkheden we hebben, aangezien we niet terug kunnen en binnenkort ook niet meer vooruit. Maar dat is van later zorg, voorlopig weten we uit welke hoek het gevaar dreigt en dat is meer dan waar we de dag mee begonnen. Kom op, Marc!'

Nog geen drie uur later zaten we zo vast als een huis. Het ravijn was zo smal geworden dat Hans klem zat tussen de wanden en zelfs voor mij was er geen ruimte meer om omlaag te klimmen naar de grond.

Omhoog was een ander verhaal.

'Denk je dat je het kunt?' vroeg Hans bezorgd.

'Ik denk het wel,' zei ik, terwijl ik de rotswand afspeurde op zoek naar klimpunten. 'Ik ben een vrij goede klimmer, thuis heb ik een boomhut gebouwd en die bonenstaak was ook een makkie. Maar wat doe ik als ik eenmaal boven ben? Ik kan de wanden toch moeilijk uit elkaar duwen?'

'Als je boven bent, loop je door naar het kasteel, Marc. Je vader heeft het water hard nodig, ik red me wel.'

'Wat? Absoluut niet, Hans! Ik laat je hier niet alleen, ik vind wel een manier om je hier weg te halen! Vertrouw me.'

'Ik vertrouw je … maar Marc? Als je niets kunt vinden, ga dan. Je helpt er niemand mee als je hier blijft treuren om een oude reus, terwijl je vader op sterven ligt.'

Hoe wist hij dat mijn vader aan het doodgaan was? Ik had hem alleen maar verteld dat hij ziek was. Ik durfde er niet naar te vragen, maar zette mij schrap tegen de koude wand. Voetje voor voetje duwde ik mij een weg naar boven. Het eerste stuk ging vrij gemakkelijk, omdat ik houvast had aan beide wanden, maar verder bovenin werd het ravijn wijder en steiler en klampte ik mij angstvallig vast aan ieder stukje uitstekende rots dat ik kon vinden.

Na een uur of twee klimmen kon ik de rand van het ravijn onderscheiden.

'Hans!' schreeuwde ik naar beneden. 'Ik ben er bijna! Ik kom je halen!' Maar Hans was inmiddels te ver onder mij en kon mij niet horen. Of ik hem niet. Het bleef in ieder geval angstvallig stil, op de echo van mijn eigen geschreeuw na. Met hernieuwde moed klom ik verder omhoog, toen ik plotseling mijn voet voelde wegschuiven. Ik gaf een gil, greep in de lucht en viel achterover het ravijn in.

Ik kon maar één ding doen. Terwijl ik mij in mijn val omdraaide, dacht ik aan Christel, die zonder mij was vertrokken en aan het gevecht met mijn vader. Het lukte me om boos te worden op haar, op mijn vader en op mezelf om wat ik hem had aangedaan. Ik gebruikte mijn boosheid om de verandering in gang te zetten en sloeg mijn klauwen uit. Tien scherpe nagels sloegen zich vast in de rotswand. Ik jammerde mijn triomfkreet en hoorde hoe de schreeuw door het ravijn kaatste. De wand begon te rommelen en te bewegen en ik zag hoe het ravijn zich verwijdde. Ongelovig sloeg ik het tafereel gade, terwijl ik voelde hoe mijn lichaam weer menselijk werd. Deze keer was ik voorbereid op de val en hield ik mijn ogen gericht op een smal platform enkele meters onder mij. Mijn klauwen veranderden terug in vingers en verloren hun houvast op de bewegende rotswand. Ik viel naar beneden en wierp mezelf richting het uitstekende stuk rots. Ik rolde me direct tegen de wand aan en bleef daar bibberend liggen, terwijl de rotswanden verder uiteendreven en het ravijn weer begaanbaar werd.

Het kostte me uren voordat ik weer beneden was en Hans zag staan met een grote grijns op zijn gezicht.
'Je hebt het voor elkaar, Marc! Ik zal nooit meer aan je twijfelen!' Hij danste en sprong als een klein kind. Ik was niet in de stemming. Ik was doodsbang geweest dat ik Hans geplet terug zou vinden op de grond. Ik sprong het laatste stukje op de grond en klampte mij aan zijn enorme been vast.
'Het ravijn leeft, Hans. Het is een levend wezen. Het schrok zo van mijn klauwen. Ik deed het pijn …'
'Ik wil hier zo snel mogelijk weg.'
Ik voelde hoe de reus mij van de grond plukte en op zijn schouder zette. Een uur later lieten we het ravijn achter ons en maakte we ons op voor het laatste stuk van de reis.

Peperkoekblues

Christel had de tijd genomen om na te denken over de gebeurtenissen van de laatste dagen, want er was iets wat haar stoorde. Het was de spiegel. Ze kende Marc al jaren en hij had haar nog nooit kwaad gedaan. Nee, dat was niet waar, dat had hij natuurlijk wel. Bij het ondergrondse meer had hij haar geslagen en tegen de muur geworpen. Net als bij zijn vader leek zijn wolvennatuur te domineren zodra hij in de betoverde werelden terechtkwam. Zou de spiegel dan toch gelijk hebben? Zou Marc haar echt kwaad kunnen doen? Toch wist ze zeker dat de spiegel niet te vertrouwen was. De eerste keer had hij met Repelsteeltje onder één hoedje gespeeld, al was hij daar zelf niet beter van geworden. Repelsteeltje had hem na zijn bevrijding aan zijn lot overgelaten. Marcs ouders hadden hem daarna verstopt in een laars, uit de buurt van de twee nieuwsgierige sprookjesspeurders. Nu was hij in het bezit van Christel en waren ze beland in de Hoge Landen.

Wat wilde de spiegel van haar? Was hij echt zo nobel dat hij haar wilde gebruiken om de Drie Sneeuwwitjes te onttronen en de Hoge Landen terug te geven aan het volk, zoals hij haar had bezworen op haar slaapkamer? En waarom deed ze precies wat hij wilde?

Op dat moment zag ze de kar rijden. Het was een oud, houten misbaksel met wielen waarin gaten zaten en een bok die van ellende uit elkaar viel. In de kar lagen zakken gevuld met graan of tarwe dat uit de gaten in het oude jute stroomde, bij elke hobbel in de weg. Voor de kar liep een knokig paard dat hoognodig met pensioen moest. Het duurde even voordat Christel registreerde dat niemand de kar bestuurde en dat hij uit zichzelf over het pad reed.

Hmm, dat is vreemd, dacht ze. Maar aan de andere kant: ze was in de Hoge Landen, dus onzichtbare rijders of magische voertuigen waren hier waarschijnlijk heel normaal. Ze trok de stoute schoenen aan en liep richting de kar.

'Hé, hallo, wie rijdt daar? Waar gaat u heen? Kan ik meerijden?'
De knol remde abrupt af en de kar kwam met een schok tot stilstand. Christel naderde omzichtig, je wist natuurlijk maar nooit.
'Dag juffrouw, hoe maakt u het? Goed, hoop ik? Jaaa.'

De krakerige stem klonk nog ouder dan de kar eruitzag. Een pratende knol, dacht Christel, waarom niet.

'Dag meneer paard, hoe maakt u het? Mag ik u vragen waarheen u reist?' vroeg Christel met een lief stemmetje.

Het paard boog zijn hoofd richting Christel en keek haar nietszeggend aan. Er bewoog iets in zijn oor en even dacht Christel dat er een muis in zat. Maar wat er uit de oorschelp kroop was geen muis, maar een heel klein, heel oud gebogen mannetje.

'Hèhèhè, frisse lucht, daar was ik aan toe. Waar bent u? O daar, o u bent nog jong en mooi, dat is lang geleden, wat een lust voor het oog. Jaaa. Zegt u nog eens wat.'

'Eh, dag meneer, mijn naam is Christel en ik ben op doorreis. Ik vroeg mij af waarheen u gaat?'

'Jaaa, een lust voor oog en oor, wat een genot, dat ik dat nog mag meemaken op mijn leeftijd. Vergis u niet, schone jonkvrouw, ik ben al honderdentwaalf, een hele leeftijd al zeg ik het zelf, dat zou u niet gedacht hebben hè? Jaaa.'

'Bent u Kleinduimpje?' vroeg Christel aan het oude mannetje, dat inmiddels lomp onderuitgezakt was gaan zitten op de kop van het paard. Met één loensend en één gewoon oog, nam het mannetje Christel aandachtig op.

'Dat is lang geleden dat ik die naam gehoord heb, jonkvrouwe, jaaa, langgeleden. Mijn ouders noemden mij zo, toen ik honderdentwaalf jaar geleden ter wereld kwam. Een heel andere tijd, dat kan ik u verzekeren, een vrolijkere tijd ook, toen er nog jonge mensen waren en spannende verhalen, jaaa. En uw naam is Christel? Er gaat geen belletje rinkelen, dat kan ik u wel vertellen, jaaa, en ik vergeet nooit wat.'

'Ik kom hier ook niet vandaan,' zei Christel. 'Ik ben op doorreis, zoals ik u zei, en ik ...'

'... wil graag meerijden, jaaa, ik hoorde u wel, ik ben wel oud, maar nog lang niet doof, begrijpt u wel. Springt u maar in de kar, schuift u maar een paar van die oude zakken aan de kant. Het spijt mij dat ik u geen betere zitplaats kan aanbieden, jonkvrouwe Christel, maar alles is beter dan lopen naar de stad, gelooft u mij maar, jaaa.'

Het mannetje ging staan en schudde een keer met zijn lijf en leden, sloeg op zijn knieën en draaide een stramme pirouet, allemaal op het hoofd van de ouwe knol en zonder om te vallen.

'Jaaa, alles doet het nog. Kom maar op, jonkvrouwe, zit u goed? Handen binnenboord, dan gaan we.'

Hij klom op zijn knieën het oor van het paard binnen en Christel hoorde hem tot haar grote verbazing commando's schreeuwen in het oor van het beest.

'Vort! Rechtdoor, recht zo die gaat. Jaaa!'

Het paard kwam met moeite op gang en zette het braaf op een sukkeldrafje, nauwelijks sneller dan een fikse wandelpas. Het gezicht van de oude Kleinduimpje kwam nog even te voorschijn om te roepen dat die oude knol een beetje hardhorend begon te worden en dat hij zich excuseerde voor zijn geschreeuw. Daarna ging het weer van 'Vort' en 'Kijk uit!' en bewoog de knol traag richting de stad.

Christel maakte het zich comfortabel in de kar. Na een tijdje begon het paard er de gang in te krijgen en kreeg Christel het idee dat het toch niet zo'n slecht idee was geweest om een lift te vragen. Het bladerdek gleed boven haar hoofd voorbij. Het werd tijd om de spiegel tevoorschijn te halen en hem zijn verhaal te laten afmaken. Ze wikkelde de deken af en legde het beschadigde ding voor zich op haar tas. Er zat een stukje glas scheef, wat de recente stilte verklaarde. Christel schoof het stuk op zijn plaats en wachtte tot het gezicht in beeld verscheen.

'Hum, bladeren die in tegengestelde richting aan ons voorbij bewegen. Hoe hebt u dat zo snel voor elkaar gekregen? En het doel van onze reis, wilt u dat zeggen? Moest u niet eerst met uw trouwste dienaar overleggen?'

'Ik ben niet zo goed in overleggen,' antwoordde Christel. 'En ik zie wel waar we terechtkomen. Ik ken het hier allemaal niet tenslotte, en dan maakt het ook niet uit waar ik ben, of waar ik heen ga.'

Ze nam niet eens meer de moeite om de tekst in rijm te vertalen. Zou dat ding haar echt niet verstaan als ze niet in dichtvorm sprak?

'Vertel eens,' zei ze tegen de spiegel, 'hebben de Drie Sneeuwwitjes echt alle kinderen vermoord? Zijn die drie ouwe heksen inderdaad zo gestoord?'

'Ieder kind onder de achttien moest eraan geloven,' antwoordde de spiegel. 'Het was een slachting zonder mededogen. Al snel vluchtten de eerste gezinnen heen, eerst waren het er nog maar een paar, maar al snel vertrok iedereen. Helaas was er geen plek in het land waar de kinderen veilig waren. En de Drie waren niet van plan één van hen te sparen! Overal werden de jongens en de meisjes opgespoord, en door de Drie Sneeuwwitjes vermoord. Uiteindelijk bood iemand met grote macht de vluchtelingen doorgang naar een land zónder toverkracht. In ruil voor alles wat zij bezaten, konden zij de Hoge Landen levend verlaten. Zo verdween ook de laatste prinses die ons van de Drie kon redden naar de wereld zonder toverij. Maar de voorspelling ging dat ze terug zou keren en kijk: hier is zij …'

'Wanneer?' zei Christel. 'Wanneer word ik de nieuwe koningin?'

'Prinses, nog even geduld. Dan wordt de voorspelling eindelijk vervuld. U maakt de Drie Sneeuwwitjes van kant, en dan bent u de koningin van dit land.'

'Woh, wacht even, van kant maken? Ik maak helemaal niemand van kant, waar haal je die onzin vandaan? En al helemaal niet drie van die gevaarlijke heksen. Ik kijk wel uit.' Christel vergat zowaar te rijmen.

'Maakt u zich geen zorgen, u bent geen moment echt in gevaar. Repelsteeltje en ik hebben bijna alles klaar.'

'Repelsteeltje?' gilde Christel. 'Die rotkabouter is hier?!'

De spiegel keek haar verbaasd aan. 'Natuurlijk, hij had geen tijd meer te verspillen. Hij heeft tenslotte nog een appeltje met de Drie te schillen.'

'Repelsteeltje die tegen de Drie Koninginnen vecht? Goh, je zou zeggen dat hij hun vriendje was, hij is tenslotte net zo slecht.'

'Integendeel,' zei de spiegel, 'Repelsteeltje dankt zijn faam aan het raden van zijn naam. Ik neem aan dat u het sprookje kent? Zo slim en aardig als u bent?'

'Ja,' zei Christel, en deed net alsof ze het sarcasme niet hoorde, 'als beloning voor zijn "heldendaden" was het kind van dat meisje zijn eigendom. Tenzij ze Repelsteeltjes naam zou raden, dan kwam die rotkabouter nooit weerom. Een soldaat hoorde hem zingen: "niemand weet, niemand weet, dat ik Repelsteeltje heet", terwijl hij rondjes liep te springen.'

'Ja, dat was heel toevallig, vindt u niet? Dat zomaar op een dag, die soldaat Repelsteeltje zag?'

Christel haalde haar schouders op en mompelde iets over sprookjes die van toevalligheden aan elkaar hingen. De spiegel ging verder.

'De Sneeuwwitjes hadden zeven vrienden, klein van stuk, maar zeer loyaal. Een voor een gingen ze het land in en maakten daar veel kabaal.

"Niemand weet, niemand weet," zongen ze overal, "dat ik Repelsteeltje heet." Dat deden ze net zo lang, tot een soldaat afkwam op het gezang.'

'De zeven dwergen? De Drie Sneeuwwitjes hadden de zeven dwergen gebruikt om Repelsteeltje te verraden? Waarom deden ze dat? Hoe kwamen zij aan zijn naam?'

'Zijn naam, daarvoor treft mij de blaam, helaas. En geen kind was veilig voor de Drie Koninginnen van de Nacht. Het kind werd later opgehaald en naar de Drie Sneeuwwitjes gebracht …'

'O … dat is minder … Hé, je gaf antwoord! Terwijl ik niet rijmde. Ik hoef helemaal niet in rijm te spreken, zie je wel!'

Op dat moment hield de kar stil en kwam Kleinduimpje uit het oor van hun rijdier kruipen.

'Jaaa, jonkvrouwe, ik dacht, een pauze is vast wel op zijn plaats. Ik dacht ook nog stemmen te horen, maar dat zal de ouderdom wel zijn, jaaa.'

Zijn oog, het goede, viel op de spiegel die uitgestald lag op de kar. Zijn vrolijke gezicht betrok en met een hoog stemmetje piepte hij, terwijl hij op de spiegel wees: 'Wat is dat? Haal dat van mijn kar! Waar haalt u het lef vandaan mijn kar, mijn naam zo te bezoedelen! Uw schaamteloosheid verontrust mij, jonkvrouwe, heb ik uw karakter zo slecht ingeschat dan?'

Christel keek het mannetje verbaasd aan.

'Dit bedoelt u? Het is maar een spiegel, een vriend, een reisgenoot, niets om u druk om te maken, ik beloof het u.'

'Niets om mij druk om te maken, zegt u? Weg, zeg ik, weg! Jaaa, klein ben ik en oud, maar niet gek. Geen rijmende demonen op mijn kar, zeven jaar ongeluk, jawel, weg ermee!'

Christel stopte de spiegel in de blauwe doek en sprong verontwaardigd van de kar. Wie dacht dat kleine mormel wel dat hij was? Zij maakte toch zelf wel uit met wie zij reisde? Maar voordat zij luid haar mening kon geven, was het mannetje alweer in het oor van de knol gesprongen en schreeuwde een kort 'Vort!' Het paard ging in één keer over op een draf en verdween binnen enkele minuten uit het zicht.

Christel nam haar omgeving in zich op. Ze waren nog steeds in het bos, alleen was het een stuk donkerder geworden. Ze had honger. Ze had gehoopt voor het avondeten bij die stad te zijn waar Kleinduimpje over had verteld.

Christel nam de spiegel in haar tas aandachtig in zich op. De scherven waren uit de lijst in de tas gevallen, dus de stem was voorlopig afwezig. Het kwam haar goed uit, want ze wilde eerst wat meer weten van het rijmende wezen dat in het spiegelglas zat opgesloten, voordat ze hem weer zou oproepen. Ze vermoedde al dat de spiegel niet te vertrouwen was, maar nu hij samenwerkte met die rotkabouter wist ze het zeker. En die opmerkingen van Kleinduimpje hadden ook hun doel getroffen. Christel wenste dat Marc hier was.

Christel begreep een aantal uren later waarom Hans en Grietje kiezelstenen nodig hadden om de weg door het bos te kunnen vinden. Zij noemden thuis een park al een bos, maar dit was een echt woud: bomen zover het oog reikte en paden die begonnen en ophielden zonder logica. Het bladerdek was zo dik geworden dat het laatste beetje zon verborgen werd, zodat het onmogelijk was voor Christel om het hemellichaam als kompas te gebruiken, zoals ze van haar vader had geleerd.

De honger had inmiddels onverbiddelijk toegeslagen en Christel was bang dat ze snel over zou moeten gaan op het eten van de heerlijk ogende, maar ook onbekende vruchten die ze af en toe aan de struiken zag groeien. Ze liep liever niet het risico dat ze zichzelf vergiftigde, maar binnenkort zou ze geen keus meer hebben.

Ze wist dat haar kansen gekeerd waren, toen ze een sneeuwwitte vogel zag zingen op een tak, boven in een boom. Sneeuwwitte vogels verschijnen niet zomaar; die hebben een doel, wist Christel. Na een paar noten vloog het beest naar een tak een paar meter verderop en slaakte een rauwe kreet, alsof het Christel tot snelheid wilde manen. De paden werden steeds dunner en het licht verdween bijna helemaal, tot Christel niet veel meer kon zien dan de witte vogel die voor haar van boom tot boom vloog.

De tocht eindigde vrij abrupt bij een klein huisje op een open plek in het bos. De zon was bijna geheel onder en de laatste zonnestralen omringden het hutje – want veel meer was het niet – in een honinggele gloed. Christel kende haar sprookjes, dus ze liep zonder aarzelen naar het huisje toe en proefde van de muren. Het was ooit smakelijke peperkoek geweest, veronderstelde Christel, maar nu was het oud en hard geworden en leek het meer op steen dan ooit de bedoeling was geweest. De ramen waren gemaakt van kleverige suiker, die vies was van de vliegen die erin vastgekleefd zaten. De cake die ooit gebruikt was om dak-

pannen van te maken, was droog geworden en viel in kruimels uit
elkaar als je hem aanraakte. Het was een armzalig gezicht en Christel
was blij dat de heks dit niet meer had hoeven meemaken. Ze opende de
deur, waarvan het raamglazuur in stukken op de grond lag, en liep naar
binnen. In het huisje zelf was het al niet veel beter. Alleen omdat de
meubels niet van snoepgoed en brood gemaakt waren maar gewoon van
hout, was alles nog heel. Te eten was er niets, dus Christel nam genoegen met een iets minder oud stuk dakpan en viel met een hongerige
maag in slaap. Maar niet voordat ze zeker wist dat de oven in de keuken
inderdaad de oude botten van de verbrande heks bevatte. Je wist maar
nooit, tenslotte.

Christel viel in slaap op het moment dat haar hoofd het kussen raakte.
Daardoor merkte ze niet dat veertien kleine voetjes het huis betraden.
'Wie heb er van onsse dakpannen gegete?'
'Wie iss er in ons huissje geweesst?'
'Hé, effe dimme, dit iss onss huiss helemaal niet, dit iss het huiss van
die dooie hekss.'
'O ja, wass ik effe vergete.'
Christel werd wakker en hield zich doodstil. De giechelende stemmetjes
kwamen dichterbij! Christel aarzelde geen moment en kroop onder de
dekens vandaan en verstopte zich onder het bed. Vanuit haar positie op
de grond kon ze de spiegel achter in de kamer zien liggen. Hij zat in de
blauwe doek gewikkeld en stond rechtop tegen de muur. Christel hoop-
te dat de wezens het ding over het hoofd zouden zien.
Kleine voetjes kwamen in haar blikveld, toen de dwergen de kamer bin-
nenliepen en zich rond haar bed verzamelden.
'Wie heb er in onsse bedjess gesslape?'
'Hèhèhè, hèhèhèhè.' Zeven stemmetjes giechelden in echo.
'Waarisse? Sse wass hier net nog, ik ken der ruike.'
'Wat iss dat ding daar, in die ouwe lap?' riep er eentje en hij trok de
doek van de spiegel af. Snel legde de dwerg de scherven op hun plek.
De spiegel begon meteen te praten: 'Heren, laat u toch niet foppen, de
prinses probeert zich onder het bed te verstoppen.'
Christel gaf een gil. Die vuile verrader! Ze voelde hoe veertien kleine
handjes haar vastgrepen, vastbonden, een zak over haar hoofd heen
trokken en haar zonder al te veel poespas meesleepten. Christel begon te

schreeuwen, maar een prop in haar mond hield alle woorden tegen. Ze begon wild om zich heen te bewegen en raakte in paniek toen ze merkte dat zowel haar handen als haar voeten vastgebonden waren. De tranen biggelden over haar wangen en Christel wist niet meer wat ze moest doen. Ze durfde niet te bewegen, uit angst voor de zeven gedrochten. Ze wou dat Marc hier was.

Uren later werd Christel een koude ruimte binnengeleid. Ze voelde hoe de rillingen over haar rug liepen toen een klein wezen – waarschijnlijk een van de dwergen – op haar rug klom en de zak van haar hoofd wegtrok. Ze knipperde een paar keer met haar ogen en het werd iets lichter, maar niet veel. Ze stond in een kamer waar een flauw, blauw waas over de muren hing, net genoeg om de contouren duidelijk te maken. Ze hoorde iets giechelen en uit een ooghoek zag ze hoe donkere schimmen zich terugtrokken in de schaduw. Christel bleef heel stil staan. Voor haar bewoog iets. Een lange, donkere schaduw bewoog over de grond en kwam langzaam dichterbij. Christel begon onbeheersbaar te trillen en te huilen. Ze was nog nooit zo bang geweest, zelfs niet met Marc in de kelder.

'Niet huilen, meisjesmens,' zei een bekende stem. 'Je bent in veilige handen nu, je bent nu bij ome Repelsteel!'

Voor haar stond die gehate rotkabouter!

Het betoverde kasteel

Ik stond samen met Hans over het meer uit te kijken. In het midden van het water rees een berg omhoog en boven op de top stond een klein kasteel. De berg was zo hoog dat de torens tot in de wolken rezen.

'Zie jij een boot?' vroeg ik aan Hans. 'Of denk jij dat je door het water heen kunt waden?'

Hij schudde zijn haren. 'Nee, het is hier te diep, ik kan de bodem niet eens zien. En een boot zal ons hier niet helpen: op het moment dat je het water op gaat, zal het gaan stormen. Dit soort plekken zijn altijd beschermd met zware magie.'

'Dus? Wat doen we dan?' zei ik. 'Wachten tot we een ons wegen en over het water heen zweven?'

'Dan ben jij sneller klaar dan ik,' grijnsde Hans, 'mager scharminkel.'

'Moet jij zeggen,' zei ik en ik begon langs de oever van het meer te wandelen. 'Jij bent meer botten dan vlees. Weet je zeker dat ze je geen Magere Hein noemen achter je rug, in plaats van IJzeren Hans?'

'Dat moet dan wel, want als iemand dat recht in mijn gezicht zou zeggen, dan zou ik al zijn botten breken,' fluisterde Hans dreigend.

We grijnsden naar elkaar.

'Hans, kijk eens!' Ik wees op een altaar dat aan de kant van het meer stond, op één lijn met de berg aan de overkant. Op de zijkant van het altaar stond iets geschreven in een taal die ik niet kon lezen.

'Weet jij wat hier staat?'

Hans knielde neer en staarde ingespannen naar de tekst.

'Om leven te krijgen, moet men leven geven,' prevelde de reus.

'Ieew, moeten we een dier offeren of zo? Jakkie.'

Hans rees omhoog en knikte. 'Ja, kennelijk wel.' Hij keek om zich heen. 'Ik zie niet veel dieren hier, misschien zijn ze op de hoogte van het ritueel.'

'Kan dat?' vroeg ik me af, maar Hans antwoordde niet. Geruisloos liep hij naar de struiken toe en verdween in het groen. Een halfuur later kwam hij triomfantelijk terug met een konijn, dat hij bij zijn oren vasthad. Het konijn piepte angstig en keek niet blij. Ik ook niet volgens mij, want Hans legde zijn enorme hand op mijn schouder en zei: 'Kop op,

98

jongen, nooit konijn gegeten?'

Ik slikte en antwoordde: 'Jawel, maar die komen kant-en-klaar uit de supermarkt, en dan kun je niet meer zien wat het is geweest ...'

'Een supermarkt? Is dat een hele grote markt waar ze dieren onherkenbaar maken?' Hans legde het konijn voorzichtig op het altaar en begon het zachtjes te aaien met een vinger.

'Wie gaat het doen?' vroeg ik.

'Jij,' antwoordde Hans. 'Het is jouw queeste.'

'Daar was ik al bang voor,' zei ik, en ik ging op zoek naar een scherp stuk steen dat als mes kon dienen.

'Zoek je zoiets?' hoorde ik Hans zeggen, en hij hield een kort, scherp mes omhoog. Helaas was een kort mes voor een reus een klein zwaard voor een jongen van mijn leeftijd.

Ik nam het mes-zwaard van hem over en bewoog mijn vinger over het lemmet, zoals ik acteurs in films altijd zag doen.

'Auw!' Het mes was vlijmscherp, en bloed liep over mijn hand. Dat gebeurde Indiana Jones nou nooit.

'Het is scherp,' zei Hans droog. 'Kom nou maar, maak het jezelf niet moeilijker dan het al is.'

Als in een trance liep ik naar het altaar, met het mes voor mij uit. Hans hield het konijn met één hand op zijn plaats. Met zijn andere hand wees hij naar de hals van het konijn.

'Als je eerst zijn nek omdraait, dan voelt het beest niets. Daarna moet je zijn slagader opensnijden, zodat het bloed over het altaar kan stromen.'

Ik kokhalsde. 'Hans, ik weet niet of ...'

'Marc, je bent een wolf, je hebt vast wel ergere dingen gedaan.'

Ik dacht aan mijn vader, die bloedend op de grond lag, en ik knikte.

'Het leven vereist offers, Marc. Je krijgt niets voor niets.'

Ik slikte en keek naar het konijn. Ik legde het mes neer op het altaar en nam het arme beest over van Hans.

'Het spijt me,' fluisterde ik zachtjes, en ik draaide met één beweging het beest zijn nek om. Ik legde het lichaampje eerbiedig op de steen, pakte het mes en sneed de halsslagader open. Het warme bloed begon over het altaar te stromen en verdween in allemaal kleine gaatjes die in de steen zaten.

'Dankjewel,' zei ik tegen het konijn. Ik dacht aan al die stukken vlees die ik thuis gedachteloos gegeten had en realiseerde me dat ik er nog

nooit bij stilgestaan had wat ik at. Ik was niet van plan om nu opeens vegetariër te worden, maar begreep nu wel dat elk stuk vlees een levend dier was geweest, voordat het op mijn bord belandde.

Ik werd in mijn overpeinzingen gestoord door een zoemend geluid dat van het meer kwam. Het gezoem ging over in een oorverdovend geraas, dat veroorzaakt werd door een stenen muur die uit het water oprees en een brug vormde tussen het platteland en de berg.

'Ga je mee?' vroeg ik aan Hans en ik betrad de brug. Het bebloede mes stak ik als een zwaard in mijn riem. Het was de tweede keer sinds ik in de Hoge Landen was aanbeland, dat ik bloed had vergoten. Deze wereld haalde het slechtste in mij naar boven.

De reis over de brug was zwaar. Het meer begon te golven op het moment dat we de brug betraden en er stak inderdaad een storm op. Koud en nat sjokten we door de regen. We waren nog geen seconde van de brug af of de hemel klaarde op en de zon brak door. De beklimming van de berg was lastig, maar niet onoverkomelijk, en de zon droogde onze natte kleren. Wat was ik blij dat ik Hans bij me had; in mijn eentje zou ik hier dagen over hebben gedaan!

En nu stonden we voor de ijzeren poort waarachter het kasteel lag en realiseerde ik mij dat ik geen ijzeren staaf had om de poort te openen en geen brood om de leeuwen mee te voeren. Ik keek Hans wanhopig aan. 'Maak je geen zorgen,' zei Hans. Hij greep me bij mijn riem en sprong moeiteloos met mij in zijn armen over het hek heen. 'En die leeuwen, daar zorg ik wel voor, ga jij nou maar dat water halen.'

De twee stenen leeuwen begonnen te bewegen toen we de deur van het kasteel naderden, maar één blik van IJzeren Hans was voldoende om ze op een afstand te houden.

'Ik mag niet mee naar binnen, Marc, ik ben hier al een keer geweest, maar ga maar. Ik let wel op deze twee schoothondjes. En Marc: niet in slaap vallen!'

Ik duwde de poort open en dacht na over de waarschuwing. Hans was al de tweede die mij zei wakker te blijven in het kasteel. Vroeger zou ik mijn schouders hebben opgehaald en hebben gedacht: natuurlijk val ik niet in slaap, wat denken ze wel van mij? Maar inmiddels wist ik dat je dit soort waarschuwingen maar beter serieus kon nemen.

Het kasteel was mooi maar verlaten, op een groep standbeelden van slapende prinsen na. Ik onderdrukte een geeuw en liep door naar de volgende ruimte. Na een paar gangen te hebben doorzocht, kwam ik in een kamer met een groot en prachtig tweepersoonsbed en ik voelde hoe moe ik was. In de kamer stond een staande klok, die mij vaag aan mijn oma's klok deed denken. Het was kwart over tien. Wat had de dwerg gezegd? Ik moest voor twaalf uur het kasteel weer uit zijn, anders zou ik hier niet meer wegkomen. Dat betekende dat ik best een uurtje kon gaan slapen, dan wist ik tenminste zeker dat ik weer fris aan de terugreis kon beginnen. Ik nam niet de moeite om me uit te kleden, ging languit op het bed liggen en sloot mijn ogen.

Ik werd wakker van een aardbeving. Alles in de kamer trilde en de klok kwam bijna van zijn plaats. Daarna werd het weer stil. Ik rekte mij uit en wreef in mijn ogen. Kwart voor twaalf. Kwart voor twaalf! Ik sprong van het bed. Zie je wel, dat bed was betoverd! Het was al bijna tijd en ik had het water nog niet eens gevonden!

Ik rende de kamer uit en kwam terecht op een binnenplaats met een fontein in het midden; een geluk bij een ongeluk. Ik pakte mijn water-kruik, dronk hem tot de laatste druppel leeg en vulde hem daarna met het water uit de fontein. Ik had geen idee hoe laat het nu was, maar ik wist zeker dat ik geen tijd te verliezen had. Met gesloten ogen rende ik door de slaapkamer heen, naar de hal met de standbeelden. Ik hoorde hoe de klok twaalf uur sloeg, achter mij. Bij de elfde slag rende ik door de kasteeldeuren, bij de twaalfde slag sloegen de zware deuren dicht en namen een stukje van mijn hiel mee die ik net te laat terug had getrok-ken. Kermend van de pijn rolde ik over de grond. Met mijn knie opge-trokken kwam ik tot stilstand bij de stenen leeuwen. Waar was Hans? Ik rook een vreemde geur, alsof er iets in brand stond. Een beklemmend gevoel bekroop me en ik keek naar de ijzeren poort in de verte. Daar stond een gigantische groene draak op mij te wachten, met voor hem een klein groen mannetje met twee enorme, in een punt gedraaide bak-kebaarden. IJzeren Hans lag op de grond, met touwen vastgebonden. Om hem heen stonden zeven zwarte dwergen triomfantelijk te grijnzen. Ik stond op en hinkte naar de poort. De geur van zwavel werd sterker. Ik zag hoe er dampen uit de neus van de draak kwamen en opstegen. 'Laat hem gaan, Repelsteeltje! Laat Hans los!'
'Afgesproken, als jij mij het water geeft.'
'Nooit! Dat is voor mijn vader.'
Ik zag hoe Repelsteeltje begon te veranderen. De bakkebaarden verdwe-

nen en de kleren veranderden van kleur. Voor mij stond de dwerg die mij de weg naar het kasteel had gewezen.

'Mag ik het daarmee oneens zijn, jongenman? Het kasteel, zoals alles in dit rijk, behoort aan de Drie Koninginnen, dus ook het water dat je net van ze gestolen hebt. Maar omdat ik een genereuze leprechaun ben, zal ik deze grote vriendelijke reus laten gaan, als jij mij het flesje overhandigt.'

Hij veranderde weer terug in zijn bekende groene zelf.

'Waarom laat je ons niet samen naar mijn vader gaan en haal je je eigen water?' stamelde ik.

'Hmm, omdat ieder levend wezen maar eenmaal naar binnen mag en ik het kasteel helaas al een keer eerder betreden heb, net als Hans hier. Nee Marc, er zit niets anders op dan mij het water te geven en te vertrekken. Je vader kun je toch niet meer redden, maar je eigen leven én dat van Hans zijn in jouw handen. En als je niet vrijwillig meewerkt, dan komen we je halen.'

'Trap er niet in, Marc!' schreeuwde Hans vanaf de grond. 'Hij kan het kasteel niet binnen, dus hij kan je niets doen! Vlucht, red je vader, ik overleef het wel.'

'Dan zit je er twee keer naast,' zei Repelsteeltje grimmig en hij knipte met zijn vingers. 'Mijn dwergen behoren niet meer tot de levenden en hebben geen last van stomme regels.'

Zeven zwarte, bebaarde dwergen ontblootten hun vlijmscherpe tanden en sisten. Ze stormden naar voren en begonnen zich door de tralies van het hekwerk heen te wurmen.

'Het is jammer dat ze niet in de buurt van levend water mogen komen,' mompelde Repelsteeltje, 'anders zou ik zeven kopjes hebben gehad. Ach ja, je kunt niet alles hebben.'

Ik wachtte het succes van hun poging niet af, draaide mij om en holde, zo goed en zo kwaad als het ging met mijn gewonde voet, naar de ingang van het kasteel. Ik duwde de deur open en was even bang dat ik nu al niet meer naar binnen zou mogen, maar de deuren zwaaiden moeiteloos open. Kennelijk gold dit nog steeds als mijn eerste bezoek. Ik durfde geen tijd te verspillen door ze weer dicht te doen en hinkte zo snel als ik kon naar de slaapkamer toe. Daar aangekomen liet ik de deur wijd openstaan en verborg mij in de staande klok. Ik werd moe en het bed zag er aanlokkelijk uit. Misschien moest ik even gaan slapen, dan

kon mijn voet genezen en zou ik weer helemaal fris zijn om de strijd aan
te gaan met de zeven dwergen. Nee! Ik liet mij niet opnieuw in de luren
leggen! Ik beet op mijn tanden en duwde zo hard als ik kon op de wond
op mijn hiel. De tranen schoten in mijn ogen en als ik mij niet eerst
verbeten had, zou ik het hele kasteel bij elkaar geschreeuwd hebben. Het
hielp wel, want de slaap was direct verdwenen. Ik hoorde het getrippel
van kleine voetjes en duwde me nog verder in de muur. Een voor een
kwamen de dwergen de slaapkamer binnen.
'Waar issie?'
'Hij iss hier geweesst, ik kennem ruike.'
'Wat een lekker bed. Ssou die kabouter het merke ass we effe een tukkie
ginge doen?'
'Nah, vasst niet, hij legt zelluf ook vasst effe te slape, terwijl wij het vuile
werk doen.'
De dwerg sprong op het bed en maakte het zich gemakkelijk op het
kussen, door zich als een kat op te rollen.
'Hee, laat mij der ook effe bij, wil je?'
Even was ik bang dat ze zouden gaan vechten, maar zodra de dwergen
het bed betraden, verdween hun vechtlust en rolden ze zich op in hun
favoriete slaaphouding.
'Hèhè, dat had ik echt effe nodig,' was het laatste wat ik hoorde. Ik
strompelde de slaapkamer uit.

Zo statig als ik kon, liep ik op het hekwerk af, waar Repelsteeltje gedul-
dig zat te wachten tot de dwergen hun prooi terug kwamen brengen. Ik
had eerst nog geprobeerd een omtrekkende beweging te maken, maar
het pad voor het kasteel was de enige manier om weer bij het hek te
komen.
Het duurde even voordat Repelsteeltje mij zag en zijn ogen van verbazing wijd opensperde.
'Is dat alles wat je in huis hebt, tuinkabouter?' schreeuwde ik. 'Een paar
van die rottige dwergen? Weet je wel met wie je te maken hebt? Ik ben
de zoon van de grote boze wolf en ik eet je op met huid en haar!'
Repelsteeltje deinsde achteruit en struikelde over het vastgebonden
lichaam van Hans, die met één beweging van zijn vastgebonden hand
het been van de leprechaun beetpakte.
Hulpeloos probeerde Repelsteeltje zich los te trekken.

'Jij rotjong! Hoe ben je ontkomen aan de dwergen? Het zijn de gemeen-
ste en meest gewetenloze wezens van de Hoge Landen!' En tegen Hans
riep hij: 'Laat me los! Wat doe je nou?!'
'Gewetenlozer dan jij, Repelsteeltje? Waarom geloof ik dat niet?' riep ik.
'Waarom maak je Hans niet los, dan laat ik je gaan met je staart tussen
je benen, terug naar die Drie Sneeuwwitjes. Die zullen vast blij zijn je
weer te zien, zonder het levenswater.' En ik hield de fles met water hoog
in de lucht.
Repelsteeltje werd ineens heel rustig en ik liet de fles weer zakken. Wat
had hij nu weer bedacht? Ik vertrouwde hem niet als hij stil werd.
'Dit is een leuke situatie, Marc, waar wij nu in zitten. Niemand kan iets
doen zonder de hulp van de ander. Hans kan niet loskomen zonder dat
ik hem help, jij kunt niet over het hek komen zonder dat Hans je ero-
verheen tilt en ik ga niet weg zonder het water, als ik al los zou komen
uit de greep van die neanderthaler. Maar ik heb het meeste geduld, want
mijn vader ligt tenslotte niet op sterven. En o ja, ik heb nog een troef
achter de hand. Ik heb Christel.'
'Dat lieg je!' schreeuwde ik.
'Ik kan niet liegen, dat weet je toch, Marc?'
De leprechaun ging op de grond zitten, tegen het lichaam van Hans
aan, die hem nog steeds vasthield met zijn wijsvinger.
'Dus, zeg het maar, Marc, wat doen we?'
Ik liep naar het hek toe en pakte de spijlen met beide handen vast,
nadat ik de kruik met levenswater weer aan mijn riem bevestigd had.
'Wat stel je voor, Repelsteeltje?' zei ik, terwijl mijn ogen zich vernauw-
den.
'Ieder de helft van het water. Dan heb jij genoeg om je vader te redden
en ik genoeg voor mijn doeleinden. Daarna gaan we ieder onzes weegs.'
'En Christel?' vroeg ik.
'Ze blijft van mij, maar ik zal haar geen kwaad doen.'
'Hoe weet ik dat ik je kan vertrouwen?'
'Ik geef je mijn woord.'
Ik keek naar Hans, die knikte, zo goed en zo kwaad als dat ging, liggend
op de grond.
'Je hebt geen keus, Marc.'
'Luister naar de grote reus, Marc!' krijste de kabouter. 'Hij is niet zo
dom als hij eruitziet.'

Ik nam een besluit. 'Akkoord. Maar ík verdeel het water.'

'Natuurlijk,' antwoordde Repelsteeltje. Hij keek naar Hans en zei: 'Als je zo vriendelijk zou willen zijn ...'

Hans liet het been van Repelsteeltje los, die zich onmiddellijk naar het hek begaf. Hij haalde een klein kruikje uit zijn jas en gaf het aan mij. Onze vingers raakten elkaar toen ik het flesje aannam. Er liep een rilling over mijn lichaam. Heel voorzichtig, ervoor zorgend dat ik niet morste, vulde ik het flesje van Repelsteeltje met het Water des Levens. Waar zou hij het voor nodig hebben? Om zijn eigen leven te verlengen, of dat van de Drie Sneeuwwitte Koninginnen? Waren het leven van mijn vader en dat van Christel belangrijker dan de voortdurende heerschappij van de Drie?

Ik sloot beide flesjes goed af en overhandigde de kleinste fles aan Repelsteeltje. Mijn eigen waterkruik was nu halfvol.

Repelsteeltje liet er verder geen gras over groeien en zette zijn mes op het touw waarmee Hans vastgebonden was. Hij keek de reus doordringend aan.

'Beloof me dat je niet achter mij aan zult gaan.'

'Ik beloof het,' antwoordde Hans. Daarop sneed Repelsteeltje de reus los. Hans kwam langzaam van de grond en wreef zijn spieren los. Repelsteeltje keek hem een beetje vreemd aan.

'Zou je die jongen niet eens over het hek helpen, lelijke reus?' zei de kabouter. Hans knikte onderdanig en greep mij moeiteloos van achter het hek vandaan.

'En nu graag zijn flesje water, Hans.'

'Wat?' schreeuwde ik uit, en ik keek van de reus naar de kabouter. 'Wat bedoelt hij Hans, wat moet jij met mijn water?'

'O, heeft Hans niet verteld dat hij voor mij werkt? Ik kon er niet op vertrouwen dat jij op tijd bij de bron aan zou komen, dus ik heb deze lobbes gevraagd om je een handje te helpen. In ruil voor een slokje van dit.' En hij hief het flesje levenswater omhoog. 'Dus als je zo vriendelijk zou willen zijn om hem het water af te nemen, Hans.'

Ik keek Hans verbijsterd aan. Dus dat was wat ik voelde dat er aan de hand was. De verrader!

'Ik begrijp het,' zei ik. 'In dit land is er dus helemaal niemand te vertrouwen. Geen regels, hè Hans, alleen maar grillen.'

Ik gaf hem mijn waterfles.

'Hier, pak aan, laat mijn vader maar creperen. Kan jou het schelen. Als jij maar weer jong bent, dat is toch het enige wat telt, Hans?'

Hans stak zijn enorme knuist uit en pakte het water van mij aan. Minutenlang staarde hij ernaar. Toen schudde hij zijn hoofd en gaf het water weer aan mij terug.

'Sorry Repelsteeltje, het is het niet waard.'

'Wat jij wilt, ouwe reus. Tel de laatste dagen van je leven, mijn zegen heb je. Maar nu moet ik gaan, want ik verwacht gasten.'

Hij beklom zijn draak en zwaaide.

'Dag Marc, tot nooit meer ziens, hoop ik. Zal ik Christel de groeten doen?'

En met die woorden steeg hij op, met draak en al, en koos het luchtruim.

Ik zei geen woord en ging voor Hans staan. Ik reikte hem opnieuw de kruik met het levenswater aan.

'Hans, ik wil je iets heel belangrijks vragen. Wil jij naar mijn vader gaan en hem het water geven? Jij reist sneller dan ik, ik hou je toch alleen maar op.'

'Ik?' vroeg de reus verbaasd. 'Jij vraagt dit aan mij, terwijl ik je verraden heb?'

'Je hebt mij helemaal niet verraden. Je hebt precies gedaan wat je moest doen. Je bent eerlijker dan je denkt; wees niet te hard voor jezelf, Hans. We maken allemaal fouten.'

'En wat ga jij doen?

'Christel redden. En voor eens en altijd met die rotkabouter afrekenen.'

'Ik zal je niet teleurstellen,' antwoordde Hans, 'Je hebt nog wat van mij tegoed.'

Ik knikte en liet verdere plichtplegingen achterwege. Ik hoopte dat ik de juiste beslissing had genomen. Zo niet, dan zou dat mijn vader het leven kosten. Maar Christel was belangrijker; mijn vader had de situatie ook aan zichzelf te danken.

Mijn kleren had ik in enkele seconden uitgetrokken en op mijn rug gebonden. Ik liet de woede en frustratie toe die al een tijdje in mijn lichaam sluimerden, en ik voelde hoe mijn lichaam de wolf toeliet. Ik viel op vier poten, rende de berg af en de brug over en verdween in het bos in de richting waarin de leprechaun verdwenen was. Mijn hiel begon direct te genezen.

Repelsteeltje

'Repelsteeltje,' zei Christel. 'Waarom verbaast mij dat nou niets?'

'Geen idee,' zei Repelsteeltje, 'misschien heb je mij gemist?'

'Kom,' wenkte hij. 'Excuses voor de ongemakkelijke reis, maar we hadden het idee dat je de verkeerde kant op ging.'

Hij ging Christel voor en leidde haar de kamer uit en een serie van gangen in. Achter haar prikten twee zwarte dwergen in haar rug met hun kleine korte zwaarden. Ze had geen keus dan te gehoorzamen.

Hoe langer ze liepen, hoe kunstiger versierd de wanden werden en hoe mooier de meubels die erin stonden. Ze passeerden kamers die geheel in één kleur waren ingericht: blauw, rood en zelfs goud.

'Waar breng je mij heen?'

'Ik wil je aan iemand voorstellen, prinses. Aan drie iemanden eigenlijk.'

'De Drie Sneeuwwitjes? Je werkt voor die drie heksen? Zie je wel, jullie zijn niet te vertrouwen, jij en die rotspiegel!'

Ze stopte met lopen en werd meteen weer naar voren geduwd door de dwergen.

'Kom nou maar, mensenkind. Je zult zien: we zijn niet zo erg als je denkt.' Hij naderde twee grote deuren die bewaakt werden door een pandabeer met een hellebaard in zijn handen. Repelsteeltje knikte en de beer opende de deur. Christel volgde hem de zaal in.

In het midden van de balzaal stond een enorme stenen troon, bestaande uit drie zetels die met de ruggen tegen elkaar waren uitgehouwen. Op elke troon zat een gemummificeerd skelet, gehuld in een halfvergane witte jurk en met een kroon op het hoofd. De troon draaide rond, voortgedreven door een onzichtbare kracht, zodat er steeds weer een nieuw lijk in zicht kwam. Naast de troon stond Repelsteeltje.

'Heden bak ik, heden brouw ik, eindelijk breng ik het koningskind,' prevelde hij met een gelukzalige glimlach op zijn gezicht.

'Dit zijn de gevreesde Drie Sneeuwwitjes?' stamelde Christel.

'Yep,' antwoordde Repelsteeltje. 'Beetje een anticlimax, hè? De drie zijn al jaren min of meer overleden.'

'Min of meer?'

'Ja, een beetje leven is er nog uit te halen, denk ik. Hoop ik. Zolang hun rol als heersers over de Hoge Landen niet is overgenomen door hun opvolgster, kunnen ze nooit helemaal tot stof vergaan.'

Christel nam de drie skeletten in zich op. Zelfs met de beste wil van de wereld kon ze geen sprankje leven in de mummies ontdekken. Alleen de witte kristallen die bij alle drie om de nek hingen, gaven een schamele glans. Onwillekeurig greep Christel naar haar eigen kristal. Tot haar verbazing schitterde dit als nooit tevoren.

'U ziet, prinses, zelfs het kristal weet dat het uw tijd is om de troon te bestijgen. Maar eerst nog een paar kleine formaliteiten.'

De leprechaun klapte in zijn handen en ogenblikkelijk reden vijf dwergen een podium op houten wielen de zaal binnen. Op het podium stond een lang, roestig oud zwaard. Naast het zwaard zweefde de spiegel. Christel zag dat de scherven verdwenen waren en de spiegel eruitzag als nieuw. In het glas hing het haar o zo bekende gezicht.

'Prinses, eindelijk zijn we waar we horen, ik hoop dat u het kan bekoren. Ik in de hoogte, op mijn plaats aan het hof, u op de grond met uw hoofd in het stof. Te lang heb ik mij naar uw grillen moeten schikken, nu is het uw tijd om te stikken.'

'Nou, wat een onvriendelijke begroeting,' nam Repelsteeltje het voor haar op. 'Je hebt het hier wel over de toekomstige koningin, hoor.' Hij gaf de spiegel een knipoog. Samen begonnen ze hard te lachen.

Hij wenkte naar de vijf zwarte dwergen. 'Breng haar hier.'

Vier van de dwergen pakten de tegenstribbelende Christel vast en dwongen haar op haar knieën plaats te nemen voor de troon. Ze staarde naar de kale schedels van de skeletten. Van dichtbij waren ze nog veel afzichtelijker dan van veraf.

Repelsteeltje boog diep naar de troon en verontschuldigde zich toen tegenover Christel.

'Mijn excuses voor de verschijning van de Koninginnen van de Nacht. Zij hebben er weleens beter uitgezien, ik weet het, maar met dit goedje zullen we dat euvel snel verhelpen.'

Christel probeerde met al haar kracht uit de greep van de vier dwergen te komen. Een van de dwergen draaide haar arm op haar rug.

'Wie probeert er loss te kome uit mijn greep?' siste hij in haar oor. De tranen schoten Christel in de ogen en ze moest haar poging om vrij te komen opgeven. Ze zonk ineen op de grond en keek Repelsteeltje giftig aan.

'Doe maar wat je moet doen, maar als Marc hierachter komt, zal hij je vermoorden.'

'Marc? O, die heeft wel wat anders aan zijn hoofd op dit moment. Maar maak je geen zorgen, we zijn hem niet vergeten; hij komt ook nog aan de beurt. Alles op zijn tijd. Genoeg gepraat, het is tijd voor het ritueel. Breng het zwaard!'

De vijfde dwerg, die zich tot nu afzijdig had gehouden, pakte het zwaard van het podium en sleepte dat met veel inspanning naar Christel toe. Repelsteeltje kon het niet langer aanzien en beval een tweede dwerg te hulp te schieten. Samen legden ze het zwaard neer voor de hulpeloze Christel.

'Nou goed opletten, mensenkind.' Repelsteeltje hield een klein flesje met water omhoog. 'Hierin zit het Water des Levens, met dank aan de jongenman Marc. Hiermee wek ik de Drie Koninginnen weer tot leven. Maakt u zich geen zorgen, ze krijgen slechts enkele druppels, genoeg om ze bij bewustzijn te brengen. Als ik u een seintje geef, hoeft u alleen maar het zwaard op te heffen en de Drie hun koppen af te slaan. Zodra de Drie Sneeuwwitjes het leven hebben gelaten, bent u de koningin van de Hoge Landen.'

'En zijn wij eindelijk aan de macht. Hoelang heb ik hiernaar gesmacht,' vulde de spiegel aan.

'Ja, dat ook,' antwoordde Repelsteeltje. 'Maar alleen in werkelijkheid, hoor,' verzekerde hij haar. 'In naam bent u degene die beslist over leven en dood.'

'Te beginnen met het leven van die drie krengen. Maakt u aanstalten ze om te brengen.'

'Nooit!' schreeuwde Christel. 'Nooit zal ik meewerken aan jullie plannen!'

'Zeg nooit nooit, schone jongedame. Kijkt u eerst eens wat wij u te bieden hebben. Pièrre, laat eens zien wat deze jongedame gewonnen heeft!' Repelsteeltje wees op de spiegel. Het gezicht verdween en in plaats daarvan was Marc te zien, met het hoofd van zijn stervende vader op zijn schoot. Repelsteeltje hield het flesje met het Water des Levens omhoog. 'Als u meewerkt, zal ik het restant van het water gebruiken om het leven van de wolvenvader te redden. Eén druppel is genoeg om zijn wonden te genezen. U hebt mijn woord. En vijf seconden om te beslissen.'

'Ik ga akkoord,' antwoordde Christel zonder aarzeling.

Repelsteeltje knikte vol bewondering. 'U bent uit het juiste koninginnenhout gesneden.'

Het feest

Na een aantal uren rennen begon ik mijn wolvenvorm weer kwijt te raken. Ik had mijn boosheid steeds minder nodig om te veranderen, maar zonder boos te zijn bleef ik niet lang een wolf. Ik stopte vlak voor een klein dorpje en kleedde mij aan. De stukken vacht en de afgebroken tanden schoof ik bij elkaar op een hoopje en ik veegde het onder een struik.

In het dorp was het een drukte vanjewelste. Ik liep op mijn gemak naar een groep bejaarden toe die voor een muurtje stonden te schreeuwen, om poolshoogte te nemen.

'Een kroning? Hebben we een nieuwe koningin dan?'

'Kennelijk, en iedereen is uitgenodigd. Wij zijn ook iedereen, toch?'

Iedereen beaamde dat: ja, zij waren ook iedereen. Maar toen het vrouwtje vroeg wie er gingen, klonken er vooral excuses. Geen tijd, te druk, te ver weg. Ik ging onopvallend achter de oude mannetjes en vrouwtjes staan en keek naar de poster die door een gelaarsde kat op de muur werd geplakt.

"KOMT ALLEN NAAR DE KRONING VAN ONZE NIEUWE KONINGIN – GROOT FEEST – IEDEREEN IS WELKOM!!!" stond erop. Daaronder was een tekening van Christel gemaakt. Om haar hals hing het kristal. Ze keek niet erg vrolijk.

Het feest was vanavond. Repelsteeltje wond er geen doekjes om zo te zien. Ik tikte een van de dames op haar schouder.

'Mevrouw, mag ik u wat vragen?'

'Aargh!! Een kind! Een mensenkind!' De vrouw begon te gillen en de anderen in het gezelschap volgden snel haar voorbeeld. Over elkaar heen struikelend maakten ze dat ze zo snel mogelijk van mij wegkwamen.

Eén dame bleef staan en keek mij onderzoekend aan. Toen ze kennelijk niets schrikbarends kon ontdekken, kwam ze dichterbij.

'Wat wil je weten, jongeheer?'

'Hoe ver het nog naar het kasteel is, mevrouw. Zodat ik weet of ik nog op tijd op het feest kan zijn.'

'Een kilometer of tweehonderd, denk ik,' antwoordde ze. Ze pakte mijn arm beet een kneep er zachtjes in. 'Je bent een echte jongen. Dat en de kroning, dat kan geen toeval zijn. Komen de kinderen weer terug, jongeheer?'

Ik haalde mijn schouders op om aan te geven dat ik het ook niet wist en bedankte haar voor de informatie. Kinderen? Waren er geen kinderen dan?

Op weg naar het kasteel merkte ik inderdaad op dat ik alleen maar ouderen en niet-menselijke wezens tegenkwam. Waar waren alle kinderen gebleven?

Tweehonderd kilometer was te veel om te voet af te leggen. Gelukkig kon ik een lift krijgen van een trol die een kar vol eten naar de stad bracht. Als hofleverancier van de koningin kreeg hij overal voorrang, waardoor ik geweldig opschoot. Binnen de kortste keren naderden we de stad. De trol manoeuvreerde de kar behendig tussen twee wachtende heksen door, die begonnen te vloeken toen ze het paard langs zich heen voelden bewegen. Bij het zien van het koninklijke teken op de zijkant van de kar slikten ze prompt hun woorden in. De trol knikte beleefd naar de heksen, die niets anders konden doen dan beleefd terugknikken. 'Altijdbeleefdblijven, zegtmijnmoeder,' zei de trol, 'alsof mensenooitbeleefdzijntegenmij. Maarmoederswiliswet.'

'Bij ons thuis is mijn vader de baas,' zei ik, 'al zouden we weleens willen dat het anders was.'

'Hmmppff,' zei de trol, 'gelooferniksvan. Vaderdoetwatvan moedermoet.'

Hij had wel gelijk, nu ik erover nadacht. Mijn moeder was degene die mijn vader in bedwang hield; zonder haar was het thuis helemaal een hel geweest. Ik bedacht me dat ik ook moest gaan nadenken over mijn eigen rol. Ik had duidelijk niet alleen de vloek van mijn vader geërfd, maar ook zijn gebrek aan zelfbeheersing. En ik wilde niet dat iemand als mijn moeder of Christel haar leven lang voor mij op haar hoede moest zijn. Er moest een manier zijn om mijn boosheid onder controle te krijgen. Maar eerst had ik mijn woede nodig. De strijd tegen de Drie Sneeuwwitjes en Repelsteeltje zou ik niet winnen in mijn mensenvorm. Ineens gingen de haren op mijn armen recht overeind staan. Ik snoof: Christel! Ik mompelde een verontschuldiging en gleed van de bok af.

Het was druk geworden en ik moest mij hardhandig een weg banen tussen de vele karren en wezens die op weg naar het kasteel waren. Voor mij liep een oud paard voor een nog oudere wagen, gevuld met zakken graan. Er zat niemand op de bok, maar ik rook het kleine mensje dat in het oor van het paard verborgen zat nog voordat het tevoorschijn kwam. 'Christel,' zei ik. 'Je hebt haar vervoerd, ze is op jouw kar geweest.' Ik snoof. 'Drie dagen geleden.'

Het oude mannetje knikte.

'Jaaa, dat is waar, ze leek zo leuk en zo aardig. Maar toen ik haar betrapte met de spiegeldemon heb ik haar laten gaan. Geen demonen op mijn wagen, neee, niet op mijn wagen.'

'De spiegel is een demon?! En jij hebt haar met dat ding alleen gelaten? Een meisje!?'

Ineens begreep ik dat je niet slecht hoefde te zijn om in de Hoge Landen te blijven wonen, alleen maar onverschillig.

Ik liet de kleine oude man verbouwereerd achter en schoot de struiken in, waar ik twee elfjes aan het schrikken maakte.

'Kom, Elvira,' zei een elf nuffig tegen het andere elfje, dat lang donker haar had dat in twee vlechtjes gebonden zat. 'Wij zijn hier duidelijk niet gewenst.' Ze stak haar neus in de lucht en vloog weg, met Elvira in haar kielzog. Hun ragfijne vleugeltjes bewogen vluchtig in de wind en binnen een ogenblik waren ze verdwenen. Ik kleedde mij uit en maakte opnieuw een pakketje van mijn kleren, dat ik op mijn rug bond. Het veranderen ging steeds makkelijker: ik hoefde alleen maar toe te geven aan mijn boosheid op dat kleine, afzichtelijke mannetje om in mijn wolfsvorm te transformeren. En ik voelde mij prettiger als wolf dan als mens: minder zorgen, duidelijkere prioriteiten.

Ik vermeed de stoet van wezens, die steeds groter en drukker werd, en bewoog mij langs de kant van de weg. Ik hoefde niet eens mijn best te doen om onzichtbaar te blijven; iedereen hier was zo gewend aan allerlei vreemde verschijningsvormen dat een wolf nauwelijks opviel.

De stad met het kasteel lag achter een scherpe bocht, die er waarschijnlijk alleen maar in was gelegd zodat het geheel plotseling kon opdoemen in de verte en de adem kon benemen van de onvoorbereide toeschouwer. Dat deed het ook; ik had nog nooit zoiets indrukwekkends gezien in mijn leven. Het kasteel torende hoog boven de stad uit, die op verschillende niveaus rond het paleis gebouwd was. Hangende tuinen, zwevende meren, schitterende koepels, alles viel in het niet bij de overweldigende schoonheid van het kasteel. De torens waren ontelbaar, de poorten talrijk en de kristallen onbeschrijflijk. Wat een pracht en wat een zonde. Wat een genot moest het zijn om zoiets moois tot de grond toe af te breken en de Drie Verschrikkelijke Koninginnen onder het puin te begraven. Ik huilde van plezier.

De Drie Sneeuwwitjes

Christel stond verdekt opgesteld aan de rand van de zaal, uit het zicht van de drie draaiende skeletten. Haar taak kwam vanavond pas, tijdens de kroning. Nu hoefde ze alleen maar toe te kijken. Ze gaf toe dat ze gefascineerd was door alles wat er het afgelopen uur was gebeurd. De drie skeletten - die eens de Drie Sneeuwwitjes waren geweest - werden door de zeven dwergen rechtop in hun troon gezet en in een koninklijke houding geplaatst. De balzaal, die zijn beste tijd had gehad, was schoon-gemaakt door apen met poetsdoeken en daarna opnieuw ingericht met alle pracht en praal die de koninginnen tijdens hun leven gewend waren. Als de koninginnen wakker werden, zou het net lijken alsof er nauwelijks tijd verstreken was sinds ze zo goed als overleden waren. Repelsteeltje kwam de zaal binnen en gebaarde naar de zeven dwergen en de vele lakeien die bezig waren de zaal te versieren, om hen alleen te laten. Het was tijd. De spiegel zweefde naar een plek naast de draaiende troon en Christel nam ongezien plaats achter een lege tafel. Repelsteeltje haalde de fles met het levenswater uit zijn riem en schroefde de dop los. Oneerbiedig klom hij met zijn kleine stompe beentjes op de granieten troon en goot een paar druppels water tussen de verrotte tanden van de dode heksen. Daarna sprong hij van de troon af. Wat er toen gebeurde, was vreemder dan alles wat Christel tot nu toe had meegemaakt.

Als eerste begonnen de witte kristallen die in de kettingen van de Drie Sneeuwwitjes zaten te gloeien. Langzaam begon er vlees te groeien op de botten en op de jukbeenderen en kregen de jurken meer vorm. Er werd een rimpelige huid getrokken over het net aangemaakte vlees, en pik-zwarte haren groeiden uit de drie schedels en vielen over de uitgemergel-de sneeuwwitte gezichten heen. De kaken begonnen te klapperen en de jongste van de drie vrouwen likte haar bloedrode lippen af met een tong die langzaam aangroeide.

Toen de lichtbron van de kristallen begon te vervagen, zaten er drie levende koninginnen op de troon, de een nog prachtiger dan de ander. Een voor een begonnen ze te praten.

'Terug, we zijn ...'

'... terug! Weg uit de bewegingloze ...'

'... wereld, weg uit het gebied zonder tijd.'

Als één vrouw rezen de koninginnen op uit hun troon en begonnen hun bevelen te schreeuwen.

'Jij, creëer een banket, overvloediger dan ooit tevoren, met de meest uitgelezen spijzen op een rij!'

'Jullie, maak de zalen klaar, de slaapkamers gereed! Spic en span willen we het hebben, geen vuiltje en geen stofje!'

'Jij,' en een koningin wees naar Repelsteeltje, 'Jij hebt onze dankbaarheid, onze beloning zal groot zijn. Maar eerst moeten we op krachten komen. Tot die tijd kunnen we deze troon niet verlaten. Breng ons voedsel.'

'Uw wens is mij een bevel, heksenvrouwen,' antwoordde Repelsteeltje en hij boog. Hij wenkte een lakei en liet versterkingen aanslepen voor de herrezen vrouwen. Terwijl hij langs Christel liep, pakte hij haar bij de pols en sleepte haar de zaal uit.

'Ik dacht dat ze alleen maar een béétje tot leven zouden komen!' siste ze tegen de kabouter. 'Moet ik drie levende vrouwen onthoofden? Dat kan ik niet!'

'Hou je mond!' siste Repelsteeltje. 'Ik begrijp er ook niets van!'

Achter hen ging hij met de spiegel in conclaaf over zijn voormalige bazinnen.

De nieuwe koningin

De Drie Sneeuwwitjes keken tevreden naar de balzaal waarvan zij het middelpunt vormden. Ze zaten op hun enorme, uit één stuk gehouwen granieten troon en namen hun gasten in zich op. Links van de troon waren tafels met voedsel opgesteld met een lengte van meer dan een kilometer. Diverse geuren bewogen fysiek door de ruimte en prikkelden de neusgaten van de aanwezigen. Gebraden kippen aan het spit, soep van paardenogen, kalfshersenenpaté en rozenzwezerik, het hele scala aan feestelijke recepten was gebruikt door de beste koks van de Hoge Landen, om er een groots feest van te maken.

Aan de rechterkant waren twee trollen bezig de entree op te vrolijken met een loper van spinnenpoten en slingers op te hangen die gemaakt waren van vingers van kleine kinderen. Twee herauten, ooit waren ze een witte en een zwarte zwaan geweest, voordat de koninginnen ze een min of meer menselijke vorm hadden gegeven, oefenden hun aankondigingen van de belangrijkste gasten. Af en toe wierpen ze een steelse blik op de glazen kist die voor de troon was neergezet.

Repelsteeltje kwam de zaal binnen en nam uiterst behoedzaam plaats op de glazen kist. Hij keurde Christel, die levenloos in de kist lag, gekleed in een beeldschone witte jurk, en knikte goedkeurend.

'Rustig is ze zo, hè?' zei hij tegen de Drie Koninginnen. 'Zouden we vaker moeten doen, luidruchtige mensenkinderen in kisten tentoonstellen. Ik weet nog wel een kandidaat: Marc heet hij ...'

De troon van de Drie draaide langzaam rond, zodat telkens weer een andere koningin naar Repelsteeltje kon kijken.

'Wie is zij, Repelsteeltje? Is zij de nieuwe koningin?'

Repelsteeltje knikte. 'Is, zou zijn. Maar ze is geen gevaar meer. We gaven haar een van uw beroemde appels te eten. Werkt altijd. Stomme mensenkinderen.'

Hij richtte zijn blik op de draaiende troon en keek de langskomende koninginnen indringend aan.

'Voordat we aan de plechtigheid gaan beginnen, wilde ik het graag nog even met u hebben over mijn beloning.'

'Een mensenbaby, geheel voor jou.'

'We weten wat je zoekt, Repelsteeltje.'
'En wraak op degenen die mij gevangen hebben gezet!' voegde de leprechaun eraan toe. 'Ik heb jarenlang in de koude kelder opgesloten gezeten, omdat die sukkels van mij af wilden.'
'Hahaha!' Drie griezelig hoge stemmen begonnen tegelijkertijd te lachen.
'Dat waren wij!'
'Dat waren wij!'
'Dat waren wij!' riepen de Drie Sneeuwwitjes. 'Wij hebben de dwergen als leprechauns vermomd.'
'Wij hebben ze laten zingen als de vogels!'
'Wij hebben ze Repelsteeltje laten zijn!'
'Wij hebben zoveel plezier gehad!'
'Is dat zo, Koninginnen van de Nacht? Wat een plezier moet u dat gegeven hebben, wat een avonden vol humor en leut.' De gezichten van de Drie Sneeuwwitjes vertrokken in drie afschuwelijke grijnzen, de een nog weerzinwekkender dan de ander.
'Hahaha,' klonk het uit drie kelen.
'We tonen berouw, we zullen u zwaar vergoeden.'
'Help ons door deze avond en wij vervullen drie wensen.'
'Drie wensen hè?' zei Repelsteeltje. 'Drie wensen, vervuld door de drie machtigste vrouwen van de Hoge Landen. Dat moet voldoende zijn voor mijn plannen. Ik ga akkoord.'
Hij stond op van zijn glazen zetel en boog naar de Drie Sneeuwwitjes. 'Dan wordt het nu tijd om alles klaar te maken voor de grote ceremonie. Als u mij wilt verontschuldigen, Hoogheden.' Met een tweede buiging nam Repelsteeltje afscheid van de koninginnen op de troon en hij verliet de balzaal. Zijn gezichtsuitdrukking bleef onzichtbaar voor iedereen in de zaal.

In de kist lichtte het kristal dat rond de nek van Christel hing even fel op en weerkaatste in het zilver van haar gloednieuwe ketting.

De kus

Ik bereikte het kasteel zonder veel problemen, al moest ik mezelf ervan weerhouden me te vergapen aan alle pracht en praal in de stad. Werkelijk elk huis en elke straat was versierd ter ere van de Drie. Wat waren onze Koninginnedagen thuis simpel vergeleken met deze overdaad. De zon ging onder en omlijstte het kasteel, dat uitkeek over zijn onderdanen, met zijn laatste stralen. Voor de poort van het paleis was een stoet van duizenden genodigden te zien die voetje voor voetje naar binnen schuifelden. Aan de andere kant van het paleis ontdekte ik een tweede stoet. Deze bestond uit leveranciers van voedsel en personeel voor het feest. Het was niet moeilijk om de geur van de trol met wie ik eerder meegereden was, terug te vinden. Ik veranderde snel terug in een mens en kleedde me om in een gewaad dat ik ergens uit een huis gestolen had. Het korte zwaard van Hans stak ik in mijn riem. Met een sprongetje landde ik op de bok van de kar en ik ging naast de trol zitten.

'Ben ik weer,' zei ik. 'Heb je me gemist?'

De trol keek mij emotieloos aan en zei niets terug. Hij haalde de teugels aan en stuurde zijn paard naar de zij-ingang van het paleis. De twee wachten keurden mij geen blik waardig en lieten ons ongemoeid naar binnen rijden, waar we geacht werden de kar uit te laden. Ik besloot dat het niet meer dan correct was de trol een handje te helpen met zijn lading, totdat ik zag wat er al die tijd achter op de kar had gelegen. Nadat ik had overgegeven, sloop ik de keuken in. Ik probeerde niet te kijken naar alle lekkernijen die hier klaargemaakt werden. Niet alleen omdat ik verschrikkelijke honger had, maar ook omdat ik de herkomst niet wilde weten van al het eten dat hier gekookt, gestoomd, gebraden en gebakken werd. Zeker niet nadat ik de inhoud van de kar gezien had. Toen een met vruchten gevuld wild zwijn tegen mij begon te praten, was het ook met mijn laatste honger gedaan.

De balzaal was snel gevonden; iedereen die ik tegenkwam, liep tenslotte dezelfde kant op. Binnenkomen was een ander verhaal. Ik sloot aan in de rij en probeerde een plan te bedenken.

Toen ik aan de beurt was, was het feest al in volle gang. Voor mij werd de Markies van Carabas aangekondigd en toen was ik aan de beurt. Een zwarte zwaan boog zijn lange hals naar mij toe en vroeg: 'Wie mag ik zeggen dat er is, jongeheer?'

Ik besloot dat de tijd van geheimzinnigheid voorbij was.

'Marcus Lupus, zoon van Boris Lupus, de grote boze wolf.'

De zwaan knikte en bracht zijn trompet naar zijn snavel.

'Marcus Lupus, zoon van Boris Lupus, de nieuwe grote boze wolf!' schreeuwde de witte zwaan, nadat zijn collega uitgeblazen was. Ik wachtte tot de zaal verstomde en iedereen zich als één man op mij zou storten, maar er gebeurde helemaal niets.

'Veel plezier op het feest, heer,' zei de zwaan en gaf mij een licht zetje, zodat er plaats was voor de volgende gast.

'Wie mag ik zeggen dat er is?' hoorde ik achter mij fluisteren.

Ik mengde mij tussen de gasten en nam een drankje dat vertrouwd rook. Met iets wat naar kip rook in mijn hand, baande ik mij een weg naar de troon die in het midden van de zaal schitterde.

Daar draaide de troon om zijn as, met de drie prachtigste vrouwen erop die ik ooit gezien had. Ze hadden alle drie het zwartste haar dat ik ooit had gezien en een huid die nog bleker was dan die van de moeder van Christel. Hun lippen waren bloedrood en ik begreep eindelijk waar hun naam en faam vandaan kwamen. Mijn blik kruiste die van de jongste koningin en met een glimlach wenkte ze mij naar de troon.

Gebiologeerd kwam ik dichterbij. 'Een jongeman hier aan het hof, wat een eer. Kom nader, knappe prins.'

Ik knielde neer aan haar voeten en zag hoe de troon voor mij tot stilstand kwam.

'Koningin, u geeft mij te veel eer. Ik ben geen prins, ik ben slechts een boerenknecht, een wolvenjong.'

'Een wolvenjong! Toch niet de zoon van onze bovenste beste Boris, hmm?'

'U kent mijn vader, hoogheid?'

'Natuurlijk kennen wij hem,' antwoordde de oudste koningin op de troon naast haar. 'Waren wij het niet die hem vervloekten tot zijn dierlijke vorm, toen hij weigerde ons het hart te brengen van de door ons zo gehate Sneeuwwitst?' Ze keek verontschuldigend naar haar jongere collega. 'Dat was natuurlijk voordat we je ontmoet hadden, liefste.'

Het venijn droop van de bloedrode lippen af.

'Natuurlijk, mijn schat, je hoeft je niet te verontschuldigen,' antwoordde Sneeuwwitst met evenveel liefde. 'Jij was tenslotte nog niet blootgesteld aan mijn charmante persoonlijkheid, in tegenstelling tot de vader van deze jongeman.'

Ze wenkte mij omhoog te komen en plaats te nemen naast haar troon, die zich prompt weer in beweging zette.

Toen ik eenmaal naast haar stond, kon ik mijn ogen niet van haar afhouden. Wat was ze prachtig! Ik verdronk in haar ogen.

'Hoe is het met je vader, jongeman? En heb je ook een naam?'

'Ehm, Marc, hoogheid. En wel goed, geloof ik ...'

Mijn oog viel op de glazen kist die voor de troon stond. Er lag een meisje in, met donker haar, gekleed in een witte jurk. Om haar hals hing een sieraad met een wit kristal erin. Ondanks haar getinte huid verbleekte ze bij de schoonheid van mijn koningin. Ze kwam mij vaag bekend voor, ik wist zeker dat ik haar eerder had gezien. Maar iedere keer als ik naar koningin Sneeuwwitst keek, ontglipte mij de herinnering aan het slapende meisje in de kist. Het was niet belangrijk. Het enige wat telde, was dat mijn koningin en ik samen waren. Ik legde mijn hand aarzelend op haar schouder. Ze glimlachte en kneep er even in. We waren volmaakt gelukkig.

Er werd geapplaudisseerd. Een groene kabouter met veel te grote bakkebaarden klapte een paar keer in zijn handen om de aandacht te vragen. De Bremer Stadsmuzikanten, die hun vrolijke wijsjes hadden gespeeld, stopten met spelen.

'Dames, heren, beeldschone Koninginnen van de Nacht, mag ik uw aandacht. Speciaal voor uw herrijzenis hebben wij een magisch evenement op stapel staan! Om uw wederopstanding luister bij te zetten, zal dit mensenmeisje speciaal voor u een magische dans uitvoeren met een wel heel bijzonder hoogtepunt. Mag ik een applaus voor ... Christel!'

De duizenden bezoekers begonnen te klappen en te stampvoeten in afwachting van wat komen ging. Toen er niks gebeurde, stierf het lawaai aarzelend weg.

'Ach, natuurlijk, de schone prinses moet eerst gewekt worden door een schone prins. Wie hier ... ah, de jongeman daar, naast onze allerliefste koningin. Zou u de honneurs willen waarnemen, jongeman?'

een hap van de appel. Al kauwend dacht ze aan Marc. Ze vroeg zich af waar hij zou zijn.

Ze sloot voor een paar seconden haar ogen.

Iemand kuste haar en van schrik opende ze haar ogen weer. Ze keek recht in het gezicht van Marc. Met alle kracht die ze had, duwde ze hem van zich af. Tot haar stomme verbazing wierp ze hem enkele tientallen meters verderop. Het kristal om haar nek vlamde even op.

Christel ging rechtop zitten en keek om zich heen. Duizenden wezens in hun mooiste en chicste kleding keken met open mond naar haar. Ze zat in een glazen kist. Naast haar stond de granieten troon en op de troon zaten de Drie Sneeuwwitjes. Oh, het was al zover.

Ze klom uit de kist en greep naar het zwaard dat naast de kist lag. Ze zwaaide er een paar keer mee in het rond, terwijl ze naar de verschrikte gezichten van de Drie Sneeuwwitjes keek.

Haar hart bonkte in haar keel, maar ze was vastbesloten zich aan haar deel van de afspraak te houden. Ze liep langzaam naar de troon.

'Dames,' zei ze, en ze boog licht haar hoofd. 'Het is tijd om te gaan.' Ze hief het zwaard boven haar hoofd. Haar handen begonnen te trillen.

Zou ze dit echt durven?

De jongste koningin glimlachte en hief haar hand op.

'Marc,' zei ze, 'mijn liefste, wil jij dit probleempje voor mij oplossen, alsjeblieft?'

Vanuit het niets kwam een wolf aangesprongen, die Christel tegen de grond sloeg. Het kwijl droop van de grote witte tanden op het gezicht van Christel, die begon te schreeuwen.

'Marc! Haal je tanden van me weg, Marc!'

De wolf sloot zijn kaken om de hals van Christel.

Dit is wat de spiegel mij liet zien, bedacht Christel zich, terwijl ze haar best deed de kaken van zich weg te duwen. Marc staat onder de controle van de Sneeuwwitjes, hij weet niet wat hij doet, hij viel mij helemaal niet zomaar aan.

De wolf gromde en Christel gilde: 'Marc!'

'Christel,' hoorde ze de wolf grommen, 'Christel, blijf gillen, maar luister!'

Christel voelde hoe de kaken in haar handen verslapten en gilde weer.

'Marc?' fluisterde ze.

'Ik doe je niks, die heks denkt dat ze iedereen kan vertellen wat hij moet doen. Maar ik ben een wolf, ik maak zelf uit wat ik doe!'

'O, Marc.'

'Blijf schreeuwen! Iedereen moet denken dat ik je opeet!'

Christel gilde de longen uit haar lijf en begon te huilen.

'Chris, wat is het plan? Wat wilde je doen met het zwaard?'

'Eerst moeten de kristallen van hen af, de rest kan ik doen.'

'Oké, dan tel ik tot vijf. Laat die steentjes maar aan mij over,' gromde de wolf. 'Doe jij de rest.'

Christel knikte en wachtte. Marc telde tot vijf en Christel stopte met gillen. Ze bleef voor dood op de grond liggen. Marc draaide zich om op vier poten en vleide zich als een hondje neer aan de voeten van Sneeuwwitst. De koningin krabbelde op zijn kop. 'Goed zo Marc, goed zo, mijn jonge prins.'

Marc begon te hijgen, sprong tegen de koningin op en likte haar met zijn tong over haar wang. Een golf van verontwaardiging trok door de menigte. Het gezicht van Sneeuwwitst vertrok. Daarna begon ze te gie-chelen. De feestgangers slaakten een zucht van verlichting. Marc zag zijn kans schoon. Hij hapte naar de ketting van de boze koningin en beet in één keer het kristal eraf. Sneeuwwitst begon te gillen en te verschrompe-len en Marc maakte van de verwarring gebruik om met zijn klauwen de kristallen van de andere twee Sneeuwwitjes af te trekken. Voor zijn ogen begon de huid van de heksen te rimpelen en er vielen gaten in hun wangen. Al gauw verstomde hun geschreeuw, omdat ze geen stemban-den meer hadden. Hun botten zakten in elkaar en hun jurken verbleek-ten. De menigte keek perplex toe, maar greep gelukkig niet in. Marc kneep de kristallen fijn. Een krachtige witte lichtstraal ontsnapte tussen de klauwen door en flitste naar het juweel om Christels hals. Haar kris-tal schitterde!

'Nu, Christel, nu!' schreeuwde de wolf-Marc. Christel sprong op van de grond, greep het zwaard, dat zo licht als een veertje leek, en sloeg in één beweging de schedel van het dichtstbijzijnde Sneeuwwitje af. De andere twee begonnen weg te strompelen, maar hun uiteenvallende ledematen verhinderden hun aftocht. Twee slagen later en er lagen enkel nog bot-ten en skeletten op de troon. De menigte begon te gillen en wilde in paniek wegvluchten uit de zaal, maar daar hadden Repelsteeltje en de spiegel op gerekend.

De spiegel zweefde tot hoog boven de gillende bezoekers en sprak met galmende stem: 'De heerschappij van de Drie Sneeuwwitjes is verbroken. Er kwam een einde aan de hel! Uw vermoorde kinderen zijn gewroken, een applaus voor koningin Christel!'

'Lang leve de koningin!' gilde Repelsteeltje. 'De koninginnen zijn dood, lang leve de koningin!'

Aarzelend draaide de angstig kijkende bevolking zich om en begon te applaudisseren. Christel kon aan de gezichten zien dat de meesten er niets meer van begrepen, maar dat ze geleerd hadden om te klappen op bevel. Er was bij deze mensen weinig eigenwaarde meer te vinden. En op deze manier zou er weinig veranderen. Christel legde het zwaard op de grond en liep naar de troon, waar ze op ging staan.

'Geachte onderdanen, lieve mensen van de Hoge Landen. Jarenlang bent u onderdrukt door deze drie boze heksen. Vandaag is hun tirannie afgelopen.'

Deze keer klonk het applaus een stuk gemeender.

'Maar in één ding moet ik u toch teleurstellen: ik ben niet uw nieuwe koningin. Ik ben gewoon een meisje van twaalf jaar, een prinses weliswaar, de dochter van Rapunzel en emir Tarik van het Moorse rijk zelfs. Vanuit de zaal keek Marc haar fronsend aan. Hij was weer veranderd in een mens en had een tafelkleed omgeslagen. 'Ehm ... ja, een prinses dus, maar geen koningin.'

Vanuit de lucht klonk de protesterende stem van de spiegel.

'Koningin Christel, u versloeg de drie dragers van de kroon. Dat maakt u automatisch tot de officiële opvolger van de troon!'

'Ah, ik vroeg mij al af wanneer jij je ermee ging bemoeien!' riep Christel. 'Dames en heren, mag ik u voorstellen: de verpersoonlijking van de haat, de magische spiegel, de aanstichter van al het kwaad!'

'Het was de spiegel die de koninginnen vertelde over wie de schoonste van het land was! Hij was het die de koninginnen tegen elkaar opzette en de oorlog veroorzaakte! Hij trok achter de schermen aan alle touwtjes. Door hem bent u uw kinderen kwijt!'

De mensen in de zaal keken omhoog naar de spiegel, die ongenaakbaar in de lucht hing. Sommigen hadden tranen in hun ogen, anderen hieven woedend hun vuist omhoog.

'Koningin, zelfs al zou het waar zijn wat u zegt, dan nog spreken uw woorden geen recht. Uw plaats is op de troon, mijn taak is u te adviseren. Spaart u mij uw hoon en laat mij u het koningschap leren.'

'O nee,' riep Christel uit met een minzaam lachje. 'Ik heb een veel beter idee. Ik daag je uit tot een rijmwedstrijd … Tot de dood!'

Alle rumoer verstomde en het werd doodstil. Marc werd bleek. Een rijmdemon uitdagen tot een wedstrijd op zijn eigen terrein? De nieuwe koningin was ten dode opgeschreven!

De spiegel keek meesmuilend naar beneden vanuit zijn hoge positie en stemde in.

'Goed, een wedstrijd tot de dood!' schreeuwde Repelsteeltje, die zich tot nu afzijdig had gehouden. 'Dit zijn de regels. De uitgedaagde zegt twee regels. De uitdager moet daarop reageren met twee regels die rijmen op de eerste twee. Daarna is het haar beurt om met vier regels te komen. Na elke poging worden de gedichten twee regels langer. De eerste die een slecht of niet rijmend gedicht maakt, heeft verloren! Aangezien de koningin de uitdaagster is, mag de spiegel beginnen!'

Christel sloot haar ogen en haalde diep adem. O, als de spiegel van-avond maar net zo arrogant bleek als altijd, dan maakte ze een kans. Ze telde tot tien en opende haar ogen weer.

'Ga je gang,' zei ze zachtjes.

De spiegel schraapte de keel en begon.

'Er was eens een meisje, haar naam was Christel,

Niemand mocht haar graag, want ze was erg lawaaierig.'

Er ging een schok door de groep in de zaal; de spiegel begon meteen erg moeilijk! Maar Christel slaakte een zucht van verlichting: hij was erin getrapt. Nu was het haar beurt om het niet te verknoeien. Er rijmde namelijk maar weinig op 'lawaaierig' en 'Christel'. Ze dacht even na en nam toen de houding van haar favoriete rapper aan. Repelsteeltje her-haalde de woorden van de spiegel met erg veel plezier. Het was duidelijk dat die tuinkabouter haar weinig kans gaf. Ze zou hem eens even wat laten zien! Repelsteeltje begon:

'Er was eens een meisje, haar naam was Christel.

Niemand mocht haar graag, want ze was erg lawaaierig.'

'Er was eens een spiegel, hij schreef een epistel.

Iedereen die het las, werd helemaal draaierig,' vulde Christel het gedicht aan. 'Yo!'

De zaal ging helemaal uit zijn dak! Iedereen begon te fluiten en te gillen en Repelsteeltje moest de mensen meerdere keren tot stilte manen.

'Het is de beurt aan de koningin.' Repelsteeltje wees haar kant op.
Christel onderdrukte de neiging om nog even door te gaan. Ze genoot
van de aandacht, maar ze kon het risico niet nemen. Ze moest winnen!
Vier regels. Daar ging ze:
'Dit is het laatste gedicht dat ik ga maken.
Ik ben het rijmen namelijk helemaal zat.
Laat de spiegel zijn gang maar gaan met deze vier zinnen.
Dan ga ik buiten genieten van de herfst.'
Ze zag Marc vreemd kijken. Het was hier helemaal geen herfst in de
Hoge Landen, het was hartje zomer. En dit was het simpelste dat ze had
kunnen zeggen. Hij vroeg zich vast af wat ze in haar hoofd haalde.
Dat gold ook voor de rest van de zaal. Christel keek omhoog naar de
spiegel en zag dat het gezicht verwrongen op haar neerkeek.
Triomfantelijk hief ze haar hand op en zwaaide naar hem.
'Succes!'
'Dit is het laatste gedicht dat ik ga maken,' begon de spiegel.
'Ook ik ben het rijmen helemaal zat …
Het maakt niet uit wat ik doe met de eerste drie zinnen,' zei hij met
bedroefde stem. 'Er rijmt namelijk helemaal niets op "herfst" … Ik heb
u danig onderschat.'
Het gezicht in de spiegel verdween. Marc zag hoe het glas begon te
smelten en uit de lijst droop. Hij sprong naar voren en wierp voor de
tweede keer die avond Christel tegen de grond. De gloeiend hete druppels misten haar op een haartje.
Uit de lijst sprong een afzichtelijk monster met korte kromme poten en
griezelig lange teennagels. Zijn ondertanden staken zover uit, dat ze over
zijn bovenkaak heen groeiden. De rode ogen gloeiden op voordat het
beest tegen de grond smakte en uit elkaar spatte. Marc ging als een
schild tussen Christel en de uit elkaar spattende rijmdemon staan om de
smurrie op te vangen.
'Ieew, Marc!'
'Het is al goed, Christel, je bent niet geraakt.'
'Dat bedoel ik niet, Marc, je hebt geen kleren aan!'
'O … o ja,' grijnsde Marc en hij greep snel naar het tafelkleed, dat tijdens zijn sprong was afgegleden. 'Nieuwe kleren van de keizer, weet je
nog?'

Christel stond op en iedereen begon te applaudisseren voor de twee kinderen.

'Is het nou afgelopen, Marc? Kunnen we nu naar huis?'

'Het is over. De Drie Sneeuwwitjes zijn vernietigd, het is over.'

In de verte zag Marc een reus van een man naar hen staan kijken. Naast hem stond …

'Papa! Je leeft! Heeft Hans …? Het spijt mij zo, papa, ik wist niet …'

'Het is goed, Marc. Het was niet jouw schuld. We zullen hier samen uit komen, maar niet nu en niet hier.'

Hij wenkte Hans, die verlegen op een afstandje stond.

'Leuk stel heb je daar, Boris, een wolf en een dichtende krijger; wat zul jij het rustig krijgen thuis.' Hans gaf mij een knipoog.

'Hé, alleen die harige daar is van mij,' antwoordde Marcs vader. 'Die andere gaat zo weer terug naar haar ouders en naar de kapper.'

Christel keek omhoog naar de reus, en toen opzij naar Marc.

'Volgens mij heb jij mij nog heel wat te vertellen, Marc.'

'Ja,' zei Marc, 'en als jij nou de volgende keer er niet in je eentje vandoor gaat, dan hoef ik je niet achteraf aan iedereen voor te stellen.'

Hij kreeg een stomp en gaf er een terug. Samen liepen ze naar de uitgang.

'Hé, jij bent nu ook een prins! Je bent nu ook van adel!'

'Ja, en nu is er geen spiegel meer om mee te rijmen.'

'Prins Marc en prinses Christel …'

'Ieew,' zei Marc met gespeelde afschuw, 'ik wil helemaal geen prinses. Ik wil een gewoon meisje dat de was doet en voor me kookt.'

Marc kreeg weer een stomp. Achter hem hoorde hij Hans en zijn vader lachen.

'Waarom ben jij eigenlijk zo vrolijk?' vroeg Christel.

'Oh, zomaar, omdat jij mijn vriendinnetje bent.'

Marc zou zweren dat ze bloosde. Hij pakte een appel van de tafel en wilde er een hap van nemen, toen Christel hem uit zijn handen trok.

'Appels eten we hier niet, oké?'

Marc knikte.

'Heeft iemand trouwens Repelsteeltje gezien?'

Beenderen

'Kijk uit!' riep Repelsteeltje tegen de dwergen. 'Jullie maken er een zooitje van!'

De dwergen keken de leprechaun meesmuilend aan. De kruiwagens die ze voortduwden, lagen vol met botten en schedels, de overblijfselen van de Drie Sneeuwwitjes. Maar het was duidelijk dat ze niet erg opgelet hadden met het verzamelen, want in een van de kruiwagens lagen twee schedels en in de andere zag Repelsteeltje drie voeten liggen.

'Ehm, Repel, het maakt niet echt uit hoor, of we voorssichtig ssijn. Het wass al een ssooitje,' zei de dwerg met de grootste grijns. 'En het iss niet dat sse er veel lasst van hebbe, toch?'

De groep was inmiddels bij het ijzeren hek gekomen, waar de schroeiplekken van de landing met de draak nog te zien waren. De groep hield stil en Repelsteeltje commandeerde twee lange, bewegende bezems om dichterbij te komen. Alles aan de twee was lang: hun armen, hun benen, hun nek. Ze konden zich zonder problemen door de spijlen van het hekwerk heen wringen. Een voor een begonnen de dwergen de botten en schedels aan te geven.

'Wat zijn uw instructies, meester?' vroegen de twee bezems.

Repelsteeltje tikte met zijn groene ring tegen het hek.

'Gooi de hele handel maar gewoon in de Fontein des Levens. We zien wel wat er gebeurt. Als het water niet naar de koninginnen kan komen, dan brengen we de koninginnen wel naar het water. Als ik geen koningin heb die mij gehoorzaamt, dan zal ik toch in ieder geval mijn drie wensen krijgen.'

De twee bezems knikten en begaven zich naar de poort van het kasteel. De zak met beenderen sleepten ze achter zich aan.

Droomroosje

Proloog

Het elfje vloog behoedzaam de slaapkamer binnen. In het bed lagen twee mensen te slapen; een man met een grote baard en een vrouw met een rode slaapmuts op. De man snurkte, de vrouw sliep gewoon door het lawaai heen. Het elfje vloog onder het bed door, zodat de mensen haar gouden gloed niet zouden zien als ze onverwacht wakker zouden worden.

Aan weerszijden van het bed stonden twee houten nachtkastjes. Waarom je een kastje alleen maar 's nachts zou willen gebruiken, ontging het elfje. Op het kastje naast de vrouw stond een glas water. Het elfje peuterde de pil die ze van de leprechaun gekregen had uit haar buidel en liet hem in het water vallen. Het water bruiste even wild en werd daarna weer even kalm als daarvoor. Missie geslaagd. Via het halfgeopende slaapkamerraam verliet ze de kamer weer, naar de straat voor het huis. Eenmaal buiten prevelde ze een toverspreuk, waarmee ze een scheur in de lucht opende, precies zo groot als zijzelf. Ze vloog snel door de opening heen, want haar toverspreuken waren net lang genoeg om de poort voor een paar seconden te openen. Even later bevond ze zich in de Hoge Landen. Achter haar sloot de scheur zich weer en verdween de mensenstraat uit haar zicht.

Ze hoorde een kuch. Het elfje draaide zich in de lucht om en keek naar de groene leprechaun die uit de schaduw trad.

'Het is je gelukt, neem ik aan, elfenmeisje?'

'O ja, Repelsteeltje! In één keer! De pil viel in het glas en het water bruiste zo mooi!'

'Mooi zo,' antwoordde de kabouter. 'Dan hoeven we nu alleen nog maar te wachten.'

'Hoelang?' vroeg het elfje. 'Hoelang moeten we wachten?'

'Negen maanden natuurlijk, prinses Elvira. Wat dacht jij dan?'

'En krijg ik dan mijn fluit terug?' kirde het elfje.

'Jij krijgt je fluit wanneer ik mijn mensenkind heb, Elvira. Niet eerder,' antwoordde Repelsteeltje, en hij wandelde terug naar zijn schaduw.

'Dan pas,' hoorde hij haar fluisteren. 'Dat is pas over negen maanden!'

'Geduld is een schone zaak, mijn kleine elf. Tenzij je een manier vindt

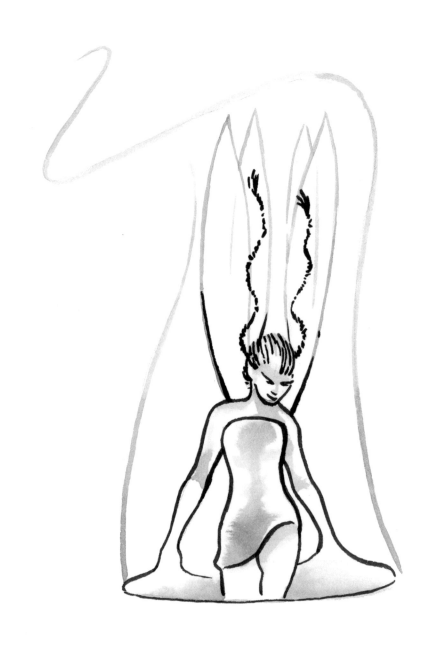

om een opening te maken die groot genoeg is voor mijn postuur, zodat ik zelf de grote boze mensenwereld kan bezoeken.'

Het elfje Elvira schudde haar hoofd

'Tien centimeter is het grootste gat dat ik kan maken, Repelsteeltje, en dat weet je. Wij elfen mogen tussen de werelden reizen, maar niemand anders kan door onze poorten heen.'

'In dat geval,' gniffelde Repelsteeltje, 'zou ik een leuke hobby gaan zoeken. Eentje die negen maanden duurt, stel ik voor. Misschien kun je gaan beeldhouwen?'

En met een schaterende lach liet de kabouter het elfje alleen.

Doornroosje

Er leefden eens in vroeger eeuwen een koning en een koningin, die iedere dag tevergeefs tegen elkaar zeiden: 'Ach, hadden we maar een kindje.' Op een dag zat de koningin in haar tuin. Het was een prachtige tuin, vol liefelijke bloemen, want het was zomer. Er was ook een mooie, grote vijver, waarin veel vissen rondzwommen, en waar prachtige wilgen omheen groeiden. Opeens kroop een kikker uit de vijver op het land. Hij ging naar de koningin toe en zei: 'Uw wens zal vervuld worden: voor het jaar om is, zult u een dochtertje krijgen.'

Sanne keek naar de voorkant van het sprookjesboek. 'Verhalen van Grimm' stond erop. Ze had het boek vanmorgen gevonden in een oude doos in de kelder. Het was misschien wel van haar oma's oma geweest, haar over-overgrootmoeder dus. Er stond geen jaartal voor in het boek – want dat deden ze toen nog niet – maar het was absoluut heel oud. Veel pagina's lagen los en sommige vielen bijna uit elkaar. Het was eigenlijk nauwelijks meer een boek te noemen, meer een stapel losse vellen die ooit aan elkaar gezeten hadden. De bladen waren vergeeld en gescheurd, met plakband aan elkaar gezet en daarna opnieuw losgeraakt. Sommige pagina's waren zoekgeraakt, want regelmatig sloeg het verhaal een stuk over.

Heel voorzichtig sloeg Sanne het boek weer open en bladerde naar waar ze gebleven was. Ze lette goed op. Ze wilde niet dat de bladzijden op de grond vielen.

De sprookjes van Grimm kende Sanne natuurlijk allang. De Grimms waren twee Duitse broers die de verhalen uit hun land opschreven in een heel dik sprookjesboek. En al sinds ze kon lezen zat Sanne met haar neus in alle sprookjesboeken die ze kon vinden. Alleen sloeg ze vroeger alle enge verhalen over en las ze alleen maar de verhalen die over elfjes gingen.

Op een avond, vlak na haar zevende verjaardag, droomde ze dat er een elfje achter in hun tuin was neergestort. Ze was midden in de nacht op haar blote voeten naar buiten geslopen om naar het neergestorte elfje te zoeken. Het was hartje winter en er lag sneeuw. Uiteraard had ze kou-

gevat en de dagen daarna lag ze met hoge koorts in bed te stamelen dat er een elfje onder haar bed lag, dat ze gevonden had in de tuin.

Sanne keek naar buiten, diezelfde tuin in. Haar slaapkamer was op de eerste verdieping en sinds ze in dit huis woonde, gebruikte ze de vensterbank om in te zitten en te lezen of naar buiten te kijken. Het raam was gesloten, want net als drie jaar geleden had de winter toegeslagen en was het ijzig koud buiten. Maar Sanne zag zichzelf nu niet meer zo snel met blote voeten naar buiten lopen omdat ze dacht dat ze een elfje had gezien. Ze moest giechelen bij de gedachte. Ze was tenslotte al tien en dan deed je dat soort domme dingen niet meer. En trouwens, elfjes bestaan niet.

Het stormde hard deze avond. De bomen bewogen ritmisch heen en weer in de wind en zwiepten de sneeuw die ze de afgelopen uren op hun takken verzameld hadden, verder de wereld in. Het was een mooi gezicht, maar ook een beetje eng. Maar als ze alleen thuis was, vond Sanne bijna alles eng.

Het was kwart over zes. Haar moeder en haar broer Tim zouden zo wel komen, dacht ze. Ze waren even naar de snackbar gelopen, want haar moeder had vandaag geen zin om te koken.

Een van de boomtakken boog gevaarlijk ver door onder het gewicht van de sneeuw en tikte met zijn uiteinde tegen het vensterglas. Een rilling liep over Sannes rug. Het was net alsof de boom leefde en Sanne gebaarde om te komen spelen.

Ze schoof de gordijnen dicht en dwong zichzelf verder te lezen.

Wat de kikker gezegd had, dat gebeurde, en de koningin kreeg een dochter-tje. Het was zo'n prachtig kind, dat de koning uitgelaten van vreugde was en een groot feest aanrichtte. Hij nodigde daarop niet alleen de hele familie, vrienden en bekenden uit, maar ook alle wijze feeën, opdat ze het kind genegen zouden zijn en het zouden beschermen. Er waren dertien feeën in zijn rijk, maar de koning had maar twaalf gouden borden om van te eten; daarom moest er één fee thuisblijven.

Doornroosje werd vervloekt door de dertiende toverfee, die niet uitgenodigd was voor haar geboortefeest. Ze zou zich prikken aan een weefspoel van een spinnewiel en sterven. Sanne vond dat stom. Het meisje kon er toch niets aan doen dat haar ouders de fee niet hadden uitgenodigd? Sanne vermoedde dat ze het expres vergeten waren. Net als haar eigen ouders, die altijd 'vergaten' haar tante Jo te vragen als er iemand jarig was. Soms kwam dat gewoon beter uit.

Gelukkig voor Doornroosje was er ook een goede fee die de vloek wilde omtoveren. Ze zou niet sterven als ze zich prikte, maar honderd jaar slapen. Honderd jaar! Nee, daar schoot je wat mee op, dacht Sanne. Honderd jaar geleden was er niet eens televisie, laat staan internet! Stel dat zij nu honderd jaar zou moeten slapen, hoeveel zou de wereld dan zijn veranderd? Misschien konden ze over honderd jaar wel op vakantie naar de maan! Dat zou haar broer Tim leuk vinden, die wilde heel graag astronaut worden.

De wind nam toe in kracht en de tak bonkte steeds harder tegen het raam. Kom nou, Sanne, riep de boom zonder woorden, kom nou naar buiten. De sneeuw is koud, de wind is guur en wij bomen zijn gek op kleine meisjes. Om óp te vreten gewoon …

Toen ze vijftien jaar werd, was Doornroosje (net als Sanne nu) alleen thuis. Om iets te doen te hebben, liep Doornroosje het hele paleis door. Ze bekeek alle zalen en alle kamers, net zoals het haar inviel. Ten slotte kwam ze bij een oude toren die ze nog niet eerder gezien had. Een nauwe wenteltrap leidde omhoog. Doornroosje beklom de treden, een voor een, en kwam bij een smalle deur. In het slot stak een roestige sleutel. Ze draaide hem om en de deur sprong open. Daar zat in een klein kamertje een oude vrouw met een spinnewiel. 'Goedendag, oud moedertje,' zei de prinses. 'Wat doet u daar?' 'Nu, ik ben aan het spinnen,' zei het oudje en knikte haar eens toe. 'En wat is dat voor een ding dat zo grappig uitsteekt?' vroeg het meisje en ze wilde ook eens proberen te spinnen. Nauwelijks had ze het spinrokken aan-geraakt (Sanne vroeg zich af wat een spinrokken was, misschien een soort naald?) of de toverspreuk ging in vervulling: ze stak zichzelf in de vinger. 'Au!' gilde het meisje. En ze viel prompt in slaap op een bed dat er stond.

Sanne werd opgeschrikt door een harde knal. Even dacht ze dat de tak door de ruit heen geschoten was. Ze schoof de gordijnen met een ruk opzij. Ze zag dat het Sjimmie was, haar kat, die het geluid had gemaakt.

Hij was waarschijnlijk vanaf een boomtak op de vensterbank gesprongen en tegen het glas geknald. Sanne schoof het raam open en liet Sjimmie binnen. Een golf van koude lucht kwam tegelijkertijd met de kat de kamer binnen.

'Domme kat,' mompelde Sanne en ze sloot snel het raam. 'Het kattenluikje zit beneden, weet je dat nou nog niet?'

De kat vlijde zich op haar schoot neer en begon zich schoon en droog te likken. Sanne wreef met haar hand het beslagen raam schoon en keek naar buiten, waar het pikdonker was. Waar bleef haar moeder nou? Ze had honger. De tak wenkte haar opnieuw.

Ineens voelde ze hoe Sjimmie zijn nagels uitsloeg en zich vastgreep in haar been.

'Au! Wat doe je nou?' gilde Sanne uit.

Sjimmie zette een hoge rug op en begon te blazen in de richting van het raam. Een flauw, gelig lichtschijnsel bewoog door de nacht, tussen de takken van de bomen door. Sjimmie hield het ding angstvallig in de gaten, terwijl hij zijn klauwen verder in het been van Sanne zette.

'Sjimmie, au!' Ze pakte het beest van haar schoot en zette het in de vensterbank. 'Doe niet zo raar, joh, dat is alleen maar een …'

Ja, wat was het eigenlijk? Het was net alsof er een lichtgevend beest heen en weer vloog. Zou het een vuurvlieg zijn? Daar had ze weleens over gelezen, maar volgens haar waren die veel kleiner. Dit leek wel een vogel. Het deed haar nog het meest denken aan het elfje uit haar dromen …

Sanne kneep in haar arm om zich ervan te verzekeren dat ze wakker was. Au! Yep, ze was absoluut wakker. En het lichtgevende wezen was ook nog steeds zichtbaar achter het raam. Het kon toch niet echt een elfje zijn? Nee, dacht Sanne, elfjes bestaan niet. Ik heb weer te veel sprookjes zitten lezen.

Ze keek naar Sjimmie, die nog steeds gebiologeerd de bewegingen van het beest volgde. Gelukkig wist Sanne hoe ze hem tot bedaren kon brengen. Ze pakte hem op van de vensterbank en droeg hem naar haar bed. Daar streelde ze hem net zo lang tot hij weer rustig werd en begon te spinnen. Maar niet zonder dat hij af en toe steels naar het raam keek. Net als Sanne.

Sanne stond voorzichtig op en sloop naar het raam om haar sprookjesboek te pakken. Ze kon het niet laten om nog een blik naar buiten te werpen. Had ze dat nu maar niet gedaan, dan was vast alles anders gelopen. Dan had ze niet gezien hoe een klein wezentje met ragfijne vleugels tegen de wind in probeerde te vliegen terwijl ze onhoorbaar om hulp schreeuwde.

Twee minuten later stond Sanne buiten in de tuin. Ze had voor alle zekerheid haar dikste jas aangetrokken, twee paar sokken en een stel rubberen laarzen. Ze was niet van plan morgen ziek in bed te liggen omdat ze weer 's nachts door de sneeuw had lopen banjeren. Ze negeerde de boom die haar daarnet nog had gewenkt om buiten te komen spelen. Vanuit de tuin zag hij er trouwens veel minder eng uit.
Ondertussen discussieerde ze druk met zichzelf: Hoe kun je nou een elfje hebben gezien, Sanne? Elfjes bestaan toch niet echt?
Maar ik zag het toch? antwoordde ze. Ik zag toch vleugels, ik ben toch niet gek?
Je bent wél gek! Je bent tien, dan geloof je toch niet in elfjes?
Ik weet niet waar ik in geloof, Sanne, maar ik weet wel wat ik zag! En hou nou je mond!
In de tuin was niets meer te zien. Zie je wel, ze had het zich allemaal verbeeld. Ze keek omhoog naar het raam van haar slaapkamer en zag hoe Sjimmie in de vensterbank heen en weer liep en om beurten naar haar en opzij keek. Sanne volgde zijn blik naar de tuin naast die van haar. Het was het huis van Christel, haar buurmeisje. Aan Christels kant van de schutting stond een stenen schuurtje. In het schuurtje zat een raampje. En achter dat raampje scheen hetzelfde gele licht dat ze zojuist tussen de takken van de boom had zien vliegen.
Even twijfelde Sanne of ze verder zou gaan. Als zij ging kijken wat er in de schuur lag, werd ze dan geen inbreker? Zouden ze de politie erbij halen? Maar aan de andere kant: als ze niet ging kijken, zou ze altijd blijven twijfelen.
Ze moest het zeker weten, al was ze bang voor het antwoord.
Sanne opende het tuinhek op een kier, schoot het pad op en glipte meteen de tuin van Christel in. Ze dook op haar hurken naast de schuur. Niemand had haar opgemerkt. Sanne lichtte de bloempot van de grond om de sleutel van de schuur te pakken.
Nu Sanne met de sleutel in haar hand voor de schuur stond, kreeg ze ineens de zenuwen. Stel dat ze haar betrapten? Wat moest ze dan zeg-

gen? Ik kwam alleen maar kijken of er een elfje in de schuur zat opgesloten? Waanzin! Aan de andere kant: nu ze toch zo ver gekomen was, kon ze net zo goed even kijken. Ze keek op haar horloge. Ze had geen idee hoelang het nog zou duren voordat haar moeder thuis zou zijn met de patat, maar veel tijd had ze vast niet. Sanne duwde haar gedachten aan politiebureaus opzij en opende de deur van de schuur.

Binnen was het nu weer donker en er was geen beweging te zien. Even dacht Sanne eraan om het licht aan te doen, maar ze bedacht zich; dan kon ze net zo goed meteen roepen dat ze hier zat. Snel sloot ze de schuurdeur achter zich en probeerde iets te onderscheiden in het donker. Hoe heette het elfje uit haar dromen ook alweer? Elvira, dat was het, prinses Elvira.

'Elvira,' riep Sanne zachtjes, 'prinses Elvira, ben jij hier?'

Ze schaamde zich een beetje.

In de hoek van de schuur begon een flauw lichtje te schitteren. Het was zwakker dan daarvoor, maar het had onmiskenbaar dezelfde gele kleur. Het schijnsel verlichtte een houten apparaat dat verdekt tegen de muur was opgesteld. Dat is ook toevallig, dacht Sanne, terwijl ze voorzichtig naar het ding liep. Dat lijkt wel een spinnewiel. Ze had nog nooit een echt spinnewiel gezien, alleen maar op de plaatjes in haar sprookjesboeken. Tegenwoordig werd garen in de fabriek gemaakt; niemand gebruikte die oude dingen nog.

Het licht werd weer flauwer en nu waren alleen de contouren van het houten wiel verlicht. Sanne fluisterde nog een keer.

'Elvira, ben je daar?'

'Sanne? Ben jij dat, Sanne?' klonk een iel stemmetje vanachter het spinnewiel. 'Heb ik je dan eindelijk gevonden?'

Sanne ging op haar hurken voor het spinnewiel zitten en keek tussen de houten spijlen door.

'Ben jij écht?' vroeg Sanne zachtjes aan het kleine pulserende wezen dat op de grond lag. 'Of droom ik?'

Maar het wezentje gaf geen antwoord meer. Sanne stak haar hand uit en pakte het voorzichtig van de grond. Ze schrok. Het was echt een elfje! Ze had ragfijne vleugels en een heel dun lichaam. Bijna net zo dun als een libel. Haar gezichtje was fijntjes en stak bleek af tegen haar donkere haar, dat in twee vlechtjes bungelde. Ze was bewusteloos, maar gaf nog wel een beetje licht. Het was net alsof Sanne een lampje in haar handen had waarvan de batterijen bijna op waren.

Sanne ging weer rechtop staan en staarde naar het lichtgevende elfje in haar handen. Het wezentje leek haar te herkennen. Maar dat zou betekenen dat Sanne haar echt gered had uit de sneeuw, drie jaar geleden. Ze kon het niet geloven!

Buiten hoorde Sanne haar moeder roepen. Die had natuurlijk de achterdeur open aangetroffen.

'Sanne? Sanne, waar ben je?' Er klonk lichte paniek in haar stem.

Wat moest ze doen? Ze kon het wezentje niet zomaar mee naar binnen nemen.

'Sanne! Doe niet zo eng en geef antwoord!'

Opeens vloog het elfje op uit haar handen. Sanne slaakte een gilletje van schrik, terwijl Elvira naar de top van het spinnewiel fladderde en naast de ijzeren naald landde. De gele gloed die rond het elfje hing, weerkaatste in het metaal van de naald. Sanne voelde zich slaperig worden, terwijl ze gehypnotiseerd naar de gloed bleef kijken.

'Kom hier, Sanne,' zei het elfje, nu ineens veel kalmer. 'Kijk in mijn ogen en kom hier.'

Sanne bewoog als in een trance naar het spinnewiel en stak haar hand uit naar het elfje. Ze opende haar mond en begon tegelijkertijd met het elfje te praten, alsof niet zij maar Elvira haar lippen bewoog.

'Wat is dat voor een ding dat daar zo grappig uitsteekt?' zeiden Sanne en Elvira in koor. En voordat Sanne zichzelf kon tegenhouden, raakte ze de naald aan die op de top van het spinnewiel was gemonteerd en viel ze in een diepe slaap op de grond van de schuur.

'Het spijt me, Sanne,' zei Elvira, 'maar ik had geen keus. Mijn volk gaat voor.'

En met die woorden vloog ze door de halfgeopende schuurdeur naar buiten, de maan tegemoet.

De Schone Slaapster

'Hé Marc,' zei een stem achter mij, 'nu nog aan het werk?'

Tim, de broer van Sanne, kwam samen met zijn moeder de hoek om lopen. Een witte plastic zak bungelde in zijn hand.

Ik stak ter begroeting mijn hand op en schudde mijn hoofd.

'Nee, ik sta op Christel te wachten. We gaan zo helpen, de muren van de babykamer moeten nog geschilderd worden.'

Ik rook patat. En frikandellen, twee met curry en eentje met ketchup. Lekker.

'Raar hoor,' zei Tim met een grijns, 'nu nog een broertje of een zusje krijgen. Hadden je ouders niet genoeg aan jou?'

'Tim!' zei zijn moeder en ze gaf hem een draai om zijn oren. 'Dat zeg je toch niet! Let maar niet op mijn zoon hoor, Marc, hij heeft volstrekt geen fatsoen!'

Tim keek haar vuil aan en ik voelde hoe ik rood werd. Moest ik mij ook schamen dan? Want dat was precies hetzelfde als wat ik dacht toen mijn moeder mij negen maanden geleden vertelde dat we voortaan met z'n vieren zouden zijn.

Terwijl ze naar de voordeur van het huis liep, met Tim en de frikandellen in haar kielzog, zei ze: 'Hoe is het met je moeder, Marc? Houdt ze het allemaal nog vol? Ik weet nog hoe zwaar ik het vond, de laatste weken.'

'Jawel,' antwoordde ik, 'als ze maar niet te veel doet.'

De buurvrouw was soms net mijn moeder: die voerde ook altijd drie gesprekken tegelijk. Ze deed de deur open en gilde naar binnen: 'Sanne, we zijn thuis!' En terwijl ze aan mij vroeg wanneer de baby was uitgerekend, zei ze tegen Tim dat hij moest komen, anders werd het eten koud.

'De baby was eigenlijk vorige week al uitgerekend,' gaf ik antwoord op haar vraag, 'maar hij of zij laat op zich wachten.'

'Wens haar sterkte van me. Kom, Tim.'

En weg was ze. De deur trilde nog na in zijn voegen.

Ik stond op de hoek van het Zwarte Woud tegen mijn vaste lantaarnpaal aangeleund en wachtte ongeduldig op Christel. Waar bleef ze nou? Als we snel klaar waren met schilderen, konden we misschien nog een film kijken.

Ik hoorde de buurvrouw schreeuwen vanuit de tuin.

'Sanne? Sanne, waar ben je? Sanne, doe niet zo eng en geef antwoord!'

In de verte kwam Christel eindelijk aanlopen.

'Is er wat aan de hand met Sanne?' vroeg ze.

Ik haalde mijn schouders op. 'Vast niet. Je weet hoe haar moeder is, altijd bezorgd.'

We liepen op ons gemak naar mijn huis, zonder wat te zeggen. Ik dacht na over wat Tim gezegd had. Volgende maand werd ik dertien en al die tijd was ik het enige kind geweest thuis. Het zou wel heel erg wennen worden, met iemand erbij. Ik deed thuis net alsof ik heel blij voor mijn ouders was, maar eigenlijk bleef ik liever alleen. Waarom moesten ze nou zo nodig een tweede kind? Hadden ze dat niet eerst even met mij kunnen overleggen? We hadden toch ook een hond kunnen nemen?

Toen begon Sannes moeder te krijsen.

Het Berkenbos

Het was drie jaar geleden dat Christel en ik hier samen aan het ziekbed van mijn oma hadden gezeten, in ziekenhuis Het Berkenbos. Toen mijn oma met hoge koorts in bed lag, kreeg ze een mysterieus telefoontje, dat achteraf van Repelsteeltje bleek te komen. Ze was zo van slag geraakt dat ze door het dorp was gaan dwalen. Een postbode had haar doodziek op straat gevonden en haar het ziekenhuis gebracht. Wat Repelsteeltje precies tegen haar gezegd had en waarvan ze zo geschrokken was, wist ik nog steeds niet. Mijn oma praatte er nooit over en ik durfde er niet naar te vragen. Hoe Repelsteeltje vanuit zijn gevangenis had kunnen bellen naar mijn oma, of hoe hij het stuk perkament op haar bed had gelegd, was een ander, onopgelost raadsel.

Maar deze keer zaten Christel en ik naast het ziekenhuisbed van Sanne. Het arme meisje sliep nu al drie dagen aan een stuk. We hadden haar in de schuur gevonden, ineengezonken op een stapel jute, naast het spinnewiel van Doornroosje. Volgens de dokter was ze geprikt door een beest, waarschijnlijk een wesp of een horzel, maar wij wisten wel beter. Haar moeder was de eerste dag helemaal hysterisch geweest. 'Wat deed mijn dochter in jullie schuur?' vroeg ze dwingend aan Christel. 'Hoe kan ze nou zomaar in slaap vallen?' Wij haalden onze schouders op en deden alsof we van niets wisten. Wat moesten we anders zeggen? Dat ze zich geprikt had aan een spinnewiel, net als in het sprookje? Dat ik dat gevonden had op een van mijn speurtochten in het Zwarte Woud, de buurt die bewoond werd door voormalige sprookjesfiguren? En dat we dachten dat het spinnewiel veilig stond bij Christel? Dat Sanne en haar familie de enige normale mensen waren in het Zwarte Woud?

Christel zat aan de andere kant van het bed en hield Sannes hand vast. Wij waren alleen in de kamer; haar moeder stond op de gang met een dokter te praten. Mijn ouders waren beneden, bij de verloskundige. Wij waren met ze meegegaan, zodat we Sanne nog even konden bezoeken. 'Kijk,' zei Christel tegen mij, en ze hield de wijsvinger van Sanne omhoog. 'Hier heeft ze zich geprikt.'

Ik boog mij over het bed en keek naar het topje van de wijsvinger. Een minuscule speldenprik tekende zich af op de huid. Hij had een aparte vorm.

'Marc …' zei Christel. Ik keek op. Als haar stem zo klonk, kwam er meestal iets vreemds uit haar mond. Iets sprookjesachtigs, iets wat mijn hele wereld op zijn kop zette.

'Wat nou weer?' zuchtte ik.

'Weet je nog dat Sneeuwwitst jou tot prins heeft geslagen, vlak voordat ik haar onthoofdde?'

Ik knikte. Het was niet iets wat ik snel zou vergeten. Ik had tijdens de hele ceremonie het zwaard angstvallig in de gaten gehouden. Je wist nooit wat die gekke koningin ermee ging doen.

'En weet je ook hoe Doornroosje wakker werd gemaakt, in het sprookje?' vroeg Christel zachtjes.

'Tuurlijk,' zei ik, 'ze werd wakker gekust door een … o …'

Ik keek naar het slapende meisje in het bed voor mij. Waarschijnlijk was ik de enige prins in het land, de zonen van koningin Beatrix niet meegerekend.

'Maar Christel, ze is tien. Ik kan toch niet een meisje van tien jaar kussen?'

'Wel als het haar wakker maakt. Het lukte bij mij ook, weet je nog, toen ik van de vergiftigde appel gegeten had? En niemand hoeft het te weten. Er is verder niemand hier, alleen wij.'

Ze had er weer goed over nagedacht, zoals gewoonlijk.

Ik besefte dat ik geen keus had. Ik kon maar beter opschieten. Stel dat haar vader of moeder ineens binnenkwam. Ik had niet zo veel zin om hun uit te leggen waarom ik hun slapende dochter aan het zoenen was. Ik boog mij voorover en drukte een kus op de halfgeopende mond van mijn buurmeisje.

Er gebeurde niets.

Ik keek Christel vragend aan of ik het nog een keer moest proberen, maar ze schudde haar hoofd. Eén keer zou voldoende moeten zijn, net als in het sprookje. Dit was niet de manier waarop we haar wakker zouden krijgen.

'Zou ze honderd jaar blijven slapen, Marc?'

Ik haalde mijn schouders op. Daar wilde ik liever niet over nadenken. Ik vroeg me af waarom we het spinnewiel niet hadden weggegooid of, nog beter, verbrand. Dan zou Sanne zich niet hebben geprikt.

'Laat me haar vinger nog eens zien,' vroeg ik ineens. Christel keek mij met opgetrokken wenkbrauwen aan.

'Hoezo? Heb je een idee?'

Ik haalde mijn schouders op. ''t Is maar een gevoel,' antwoordde ik. 'Waarschijnlijk betekent het niets.'

Christel pakte de bewegingloze arm van Sanne op en legde hem schuin over haar heen, zodat hij aan mijn kant kwam te liggen. Ik pakte haar hand op en keek naar de wijsvinger waarmee ze zich geprikt had. Ik bracht de vinger tot vlak voor mijn ogen.

Christel was opgestaan en kwam achter mij staan. Ze boog zich over mijn schouder heen en keek mee naar de vinger.

'Kijk eens goed naar het gaatje,' zei ik, en ik wees naar de kleine vlek die zich op de huid van de vinger aftekende. 'Zie jij het ook?'

Christel gaf geen antwoord, maar kwam overeind en liep de kamer uit. Even later kwam ze terug met een vergrootglas. Geen idee waar ze dat zo snel vandaan had gehaald, maar ja, dat was Christel.

'Opschieten,' zei ze. 'Ik zag haar moeder deze kant op komen.'

Ze gaf mij het vergrootglas. Ik aarzelde geen moment en hield Sannes vinger onder het glas. Samen keken we naar de speldenprik op de vinger. Die had de vorm van een klavertjevier ...

De deur ging achter mij open en ik legde voorzichtig de bewegingloze hand terug. Chris en ik stonden allebei op. Ik borg het vergrootglas gauw op in mijn broekzak.

'Dag, mevrouw,' zei ik tegen Sannes moeder.

'Heeft ze nog ... bewogen, of zo?' zei ze zonder haar ogen van haar dochter af te houden. We schudden allebei ons hoofd.

'Oké, ga nu maar. Ik weet dat jullie het goed bedoelen ...'

We begrepen de hint en gleden geruisloos de kamer uit. We zeiden nog steeds niets. Wat viel er te zeggen?

'Marc, ga je mee?' Ik knikte afwezig en bleef staren naar de deur waarachter Sanne lag. Ik wist zeker dat ik het klavertjevier eerder had gezien. Maar waar?

Mijn ouders stonden al voor de deur te wachten. Ze keken bezorgd.

'Is er wat aan de hand?' vroeg ik.

Mijn vader schudde zijn hoofd. 'Nee, maak je geen zorgen, alles is in orde. Je moeders bloeddruk was iets te hoog, maar niets abnormaals. Hoe is het met Sanne?'

Ik haalde mijn schouders op. 'Hetzelfde.'

'Marc,' zei mijn moeder, 'het is niet jouw schuld.'

'Zij slaapt omdat wij abnormaal zijn, mam! Als wij gewone mensen waren geweest, was er niets met haar gebeurd. Het is wél onze schuld, van ons allemaal, alle sprookjesfiguren van het Zwarte Woud! En als wij niets doen, dan slaapt ze honderd jaar!'

Het betoverde kasteel

Sanne werd wakker op een groot en prachtig versierd tweepersoonsbed.
Ze rekte zich uit en nam de kamer in zich op. Waar was ze? Wat was er
gebeurd met haar eigen kamer? Was ze ergens aan het logeren en was ze
het vergeten? Ineens herinnerde Sanne zich het elfje in de schuur. Ze
had zich geprikt aan dat spinnewiel! Hoe was ze dan hier terechtgekomen? Ze snapte er niets van.

Tegen de muur van de kamer stond een staande klok. Het was bijna
twaalf uur. 's Middags of 's avonds? Ze wist het niet; de kamer had geen
ramen, alleen twee deuren, waarvan er eentje gesloten was en de andere
op een kier stond, maar niet ver genoeg om licht binnen te laten.

Sanne ging rechtop zitten en zag dat ze een jurkje droeg in plaats van
haar jas, spijkerbroek en trui. De rubberen laarzen waarmee ze de
schuur was binnengelopen, waren vervangen door rode lakschoentjes.
Het werd steeds gekker. Ze stapte uit bed en liep op haar nieuwe schoenen naar de deur. Tik tak, deden de hakken op de stenen vloer.

Door met haar hele gewicht tegen de deur aan te duwen, kon ze de kier
wat groter maken en door de deuropening naar buiten glippen.

Het was dag. Een broeierig zonnetje scheen op een binnenplaats waar
een marmeren fontein het middelpunt vormde. In het water stond een
beeld van een kikker. Het water dat uit zijn bek spoot, besproeide twee
bezems die werkeloos op de grond lagen. Sanne had dorst en ging op de
rand van de fontein zitten. Ze boog zich voorover, maar stopte vlak
boven het wateroppervlak. Ieew, er lagen allemaal botten in het water en
zelfs een paar schedels! Daar ging ze mooi niet van drinken. Ze maakte
een kop van haar handen en ving het water op dat uit de kikkerbek
omhoog sprong. Het water was zo verfrissend dat alle vermoeidheid en
zorgen snel van haar afspoelden.

Ze keek om zich heen. De binnenplaats hoorde bij een klein kasteel; de
deur waar ze doorheen was gekomen, bevond zich in een zijmuur. De
rest van de binnenplaats was afgesloten door een hoge stenen muur.
Sanne wandelde rond, op zoek naar een uitgang, maar kon niets vinden.
Er zat niets anders op dan terug te keren naar de slaapkamer.

Het bed zag er uitnodigend uit en even overwoog Sanne om weer te gaan slapen, maar ze voelde zich uitgerust genoeg om er niet aan toe te geven. Zeker nu ze zich had verfrist met dat heerlijke water.

Ze liep naar de tweede deur. Op dat moment begon de klok in de kamer twaalf uur te slaan. Sanne kreeg het gevoel dat ze hier weg moest, maar waarom, dat wist ze niet.

De deur leidde naar een ruimte die gevolgd werd door verschillende lege gangen, die haar op hun beurt weer naar een enorme hal brachten. En bij iedere gang die ze achter zich liet, klonk een klokslag, alsof de klok haar wilde manen om op te schieten.

De hal was gevuld met stenen beelden van slapende mannen – allemaal prinsen, aan de kleding te zien. In de verte zag Sanne een poort met twee zware deuren, die halfopen stonden. Sanne kon het daglicht nog net zien. Ondertussen sloeg de klok zijn tiende slag – Sanne had ze geteld – en tot haar grote schrik zag ze dat de deuren langzaam dichtgingen. Ze zette het op een sprinten. Bij de elfde slag rende ze door de deuropening en bij de twaalfde slag sloegen de deuren hard achter haar dicht. Ze kon nog net haar voet wegtrekken. Dat was op het nippertje: ze had bijna klem gezeten tussen de deur!

Buiten kwam ze even op adem op de treden van een trap die naar de poort en naar beneden leidde. Aan weerskanten van de trap stonden twee stenen leeuwen naar haar te grijnzen. Er liep een rilling over haar rug en Sanne maakte dat ze naar beneden kwam. Ze wist nog steeds niet precies waar ze was, maar ze had wel een vermoeden. En als dat vermoeden juist was, dan waren stenen leeuwen veel te gevaarlijk om naast te blijven staan.

Er liep een weg van het kasteel vandaan naar een groot, gietijzeren hek dat het landgoed omringde. Sanne draaide zich om en bewonderde het kasteel van een afstandje. Het was inderdaad een sprookjeskasteel, zoals ze al dacht, met prachtige smalle torens en begroeid met rozenstruiken. Wedden dat dit het kasteel van Doornroosje is, dacht Sanne bij zichzelf. Ze was natuurlijk helemaal niet op zoek gegaan naar een elfje in haar tuin, maar in slaap gevallen in de vensterbank. En nu droomde ze over haar favoriete sprookje. Ze hoopte dat het nog even zou duren voordat ze wakker werd. Het was hier veel te leuk!

Ze liep door naar het hek, dat helaas op slot zat. Sanne probeerde nog even om zich tussen de spijlen door te wurmen, maar ze was te groot. Aan de andere kant van het hek zat een kikker. Hij leek haar wat te willen vertellen. Als ze wakker was geweest, zou Sanne die gedachte hebben weggewuifd, maar nu, in de droom, was het niet zo raar. Waarom zou een kikker niet kunnen praten, net als zijn soortgenoot in het sprookje van Doornroosje?

'Hallo, meneer de kikker,' zei Sanne.

'Kwaak,' antwoordde de groene amfibie.

Helaas was dat het enige wat er uit het beest kwam.

Sanne haalde haar schouders op en rammelde wat aan het hek.

'Kon ik er maar uit,' zei ze hardop en tegen niemand in het bijzonder.

'Uw wens zal vervuld worden,' kwaakte de kikker onverwachts als antwoord. 'Voor de dag om is, zult u de kasteeltuin verlaten hebben.'

En met die woorden sprong de kikker uit haar gezichtsveld.

Sanne keek naar de zon, die hoog aan de hemel stond. Voor het einde van de dag, dat kon nog wel eventjes duren. De klok had net twaalf uur geslagen. En wanneer was de dag ten einde? Om zes uur 's avonds of om twaalf uur 's nachts? Ze had helemaal geen zin om zo laat nog door het bos te gaan dwalen dat achter de poort lag. En wie weet was ze dan allang weer wakker en lag ze weer in haar eigen saaie bed. Nee, ze ging zelf wel kijken of ze de kasteeltuin uit kon komen.

Op haar gemak liep Sanne weer terug naar het kasteel, ondertussen goed om zich heen kijkend of ze een ladder zag of, nog beter, een sleutel. Ze was zich niet bewust van de kikker, die haar vanachter het hek gadesloeg.

Leprechauns

'Ik weet zeker dat ik dat eerder heb gezien, Chris.'

Christel staarde naar het beeldscherm van haar computer, waarop een afbeelding van een klavertjevier te zien was. Ik zat op haar bed en keek naar dezelfde tekening die ze net voor mij uitgeprint had.

'Je meent het, Marc. Weet je wat? Laten we het aan een willekeurige voorbijganger vragen. Wedden dat die ook weet wat het is?'

'Ja ja,' zei ik afwezig. 'Daar gaat het natuurlijk ook niet om. Iedereen weet wat een klavertjevier is, dat begrijp ik ook wel. Het gaat erom dat ik het in de Hoge Landen heb gezien. Maar waar?'

Groen, het was groen. Niet alleen het klavertjevier, maar ook eromheen. Het was …

'Repelsteeltje!'

Het bleef even stil en ik hoorde Christel zwaar ademhalen.

'Bijna negen maanden, Marc. Acht maanden, twee weken en één dag …'

'Negen maanden wat?' vroeg ik.

'Bijna negen maanden sinds we wat van hem gehoord hebben; 259 dagen om precies te zijn, ik heb ze geturfd.'

Ze wees op een stuk papier dat naast de computer aan de muur hing en waarop inderdaad een heleboel turfstreepjes waren gezet. Zwarte streepjes op een vel groen papier.

Ze zuchtte en draaide haar bureaustoel rond, zodat ze me aan kon kijken.

'Waar? Waar heb je het gezien?'

'Op de punten van zijn jas. Groene klavertjesvier, brons of zo. Ze zaten op z'n jas gespeld, als een soort sieraden.'

Ik probeerde me de dag voor de geest te halen. Repelsteeltje had mij opgewacht bij het gietijzeren hek van het kasteel, nadat ik het Water des Levens had gehaald in de fontein. Het water dat je leven verlengde, nadat je het gedronken had.

'Leprechaun,' zei ik. 'Leprechaun, zo noemde Repelsteeltje zichzelf toen hij mij de fles met water wilde afnemen. "Omdat ik een genereuze leprechaun ben," dat waren zijn exacte woorden.'

Christel aarzelde geen moment en typte "leprechaun" in in de zoekmachine op internet. Een fractie van een seconde later hadden we een encyclopedie van sprookjeswezens voor ons. Christel las voor: 'De leprechaun is een Ierse toverfee,' vertaalde ze uit het Engels. 'Hij is klein, ziet eruit als een oude man en is meestal gekleed als een schoenmaker. Volgens de legenden zijn leprechauns afstandelijk en onvriendelijk. Hmm, dat klinkt als onze vriend, denk je niet, Marc? Zeer onvriendelijk.'

Ze las verder. 'Ze maken schoenen en broches voor de elfen (maar altijd maar één schoen tegelijk, nooit een compleet paar). De naam leprechaun komt uit het Gaelic – dat is de oude Ierse taal, Marc,' zei ze betweterig, 'en komt van leith brogan, wat letterlijk "maker van één schoen" betekent.'

Ik probeerde mij Repelsteeltje als schoenmaker voor te stellen, maar het lukte me niet. Repelsteeltje liet volgens mij liever anderen voor zich werken dan dat hij zelf wat deed. Aan de andere kant paste één schoen maken wel weer bij zijn gevoel voor humor.

'Volgens sommige folkloristen zijn de leprechauns oorspronkelijk afkomstig uit Duitsland, maar bewijs daarvoor hebben ze tot op heden niet kunnen vinden,' las Christel.

Niet voor het eerst in de afgelopen maanden vroeg ik mij af wat er van Repelsteeltje geworden was. Natuurlijk had ik gehoopt dat we nooit meer wat van hem zouden horen, maar diep in mijn hart wist ik dat we nog één keer met hem te maken zouden krijgen. Dit zou de laatste keer zijn, en hij óf wij zouden het loodje leggen. Ik hoopte dat hij dat was.

'Staat er iets over klavertjesvier?' vroeg ik aan Christel.

'Wacht even, ik zie hier iets anders,' zei ze, en ze bewoog met haar vinger over het scherm, terwijl ze de tekst zachtjes probeerde te vertalen.

'Ja, hier, wat vind je hiervan, Marc?' Ik zag haar even worstelen met een Engels woord en toen begon ze weer met voorlezen. 'De grootste wens van leprechauns is om een mensenkind te bezitten, dat ze kunnen opvoeden als hun eigen kroost, omdat leprechauns zelf geen kinderen kunnen krijgen.'

'O shit,' zei ik, en ik staarde naar de tekening van de leprechaun die mij vanaf het computerscherm aankeek. Het was onmiskenbaar Repelsteeltje. Op zijn revers zaten twee groene broches gespeld in de vorm van een klavertjevier.

'Hoe ging dat rijmpje ook alweer, Marc, uit het sprookje?'

Zonder een antwoord af te wachten, pakte Christel een sprookjesboek van de plank en bladerde snel naar het sprookje van Repelsteeltje. Er zat een papiertje in het boek gestoken, groen uiteraard. 'Hier,' zei ze, en ze gaf mij het boek, geopend. Hardop las ik voor wat er stond: 'Heden bak ik, morgen brouw ik, overmorgen haal ik het koningskind.'

'Hij wil een kind,' zei Christel.

'Hij wil een kind,' herhaalde ik. 'En zo te zien heeft hij er eentje gevonden.'

Christel knikte. 'Sanne ...' zei ze. 'Hij heeft Sanne ...'

De oude toren

Sanne opende de zware deuren van het kasteel. Een kiertje was net
genoeg om weer naar binnen te kunnen glippen. Ze was even bang dat
de deuren voor haar gesloten zouden blijven, of dat de leeuwen haar de
weg zouden versperren, maar er gebeurde niks.

Ze liet doelbewust de slaapkamer links liggen en schreed langs de slapende, stenen prinsen, die haar met lege ogen aanstaarden. Eén keer
durfde ze er eentje aan te raken. Het was een beeld van een jonge prins,
niet veel ouder dan zij zelf was, dat tegen de muur van het kasteel stond
aangeleund. Het steen voelde licht warm aan, alsof het beeld lange tijd
in de zon had gestaan. Maar er was geen zon te bekennen in de hal; de
glas-in-loodramen hielden alle warmte tegen. In een opwelling drukte
Sanne een kus op zijn stenen lippen, maar er gebeurde niets.

Sanne liep het hele paleis door. Ze bekeek alle zalen en alle kamers.
Maar alles was leeg en verlaten. Ten slotte kwam ze bij een oude toren.
Een nauwe wenteltrap ging daar omhoog. Sanne beklom de trap, tree
voor tree, tot ze bij een smalle, houten deur kwam. In het slot stak een
roestige sleutel. Sanne draaide de sleutel om en de deur sprong open.

Daar zat in een klein kamertje een oude vrouw met een spinnewiel –
hetzelfde spinnewiel dat bij Christel in de schuur stond – en ze spon
ijverig haar vlas.

'Goedendag, oud moedertje,' zei Sanne, want ze wist hoe het sprookje
ging. 'Wat doet u daar?'

'Nu, ik ben aan het spinnen,' zei het oudje en knikte haar eens toe.

'En wat is dat voor een ding dat daar zo grappig uitsteekt?' vroeg Sanne,
en ze wees vanaf een veilige afstand naar de naald aan de bovenkant van
het spinnewiel. Daar trapte ze geen tweede keer in.

'Dat, mijn lieve Sanne, is de naald waaraan Doornroosje zich prikte.
Maar dat is alweer een hele tijd geleden, hoor, vele honderden jaren.
Toen kwam de prins, die kuste haar wakker en ze leefden nog lang en
gelukkig. Althans, totdat de Drie Sneeuwwitjes aan de macht kwamen

en hun twee kinderen vermoordden,' voegde ze er nonchalant aan toe.
'Toen was het met hun geluk wel gedaan.'

Het oude vrouwtje kwam achter het spinnewiel vandaan. Ze had een
lange, groene jurk aan, versierd met klavertjesvier.

'En de prinsen beneden?' vroeg Sanne. 'Wanneer worden die wakker?'

'O, dat zal voorlopig niet gebeuren, lief kind. Iedereen die om twaalf
uur in het kasteel wordt aangetroffen, versteent. Daar kan geen kus wat
aan veranderen. Kom, ik wil je wat laten zien.'

Het oude mens nam Sanne aan haar arm mee naar een klein raampje
dat uitkeek over het hele land.

'Zie je dat kasteel daar in de verte, Sanne?' En ze wees naar een grijze,
oude burcht die boven de boomtoppen uitrees. 'Dat is nou een echt
spookkasteel. Vervloekt en al. En de vloek kan pas opgeheven worden
als het iemand lukt om er drie nachten door te brengen zonder bang te
worden.'

'Wat bedoelt u?' vroeg Sanne. 'Wilt u dat ik daarnaartoe ga om de vloek
op te heffen?'

Het oude mensje knikte. 'Waarom niet? Het is toch allemaal maar een
droom, dat weet je toch? Waarom denk je dat je over dit kasteel
droomt? Alleen maar omdat je in het slaapkamerraam in slaap bent
gevallen boven het verhaal van Doornroosje. Droomroosje, dat ben jij,
de roos die droomt.'

Sanne moest erom lachen. Haar echte naam was Rosanne, wat weer
kwam van Roos-Anne, dus die roos klopte eigenlijk wel.

Zou ze doen wat de oude vrouw haar vroeg? Zou ze naar het vervloekte
kasteel durven gaan? Wat kon haar eigenlijk gebeuren, dacht Sanne. Ze
kon hoogstens te vroeg wakker worden, voordat de droom was afgelopen. En tot nu toe was het allemaal erg spannend! Ze draaide zich naar
de vrouw toe.

'Dat is goed,' zei ze. 'Ik zal gaan. Maar ik kan de kasteeltuin niet uit, de
hekken zijn gesloten.'

'O, daarvoor moet je met een metalen staaf tegen het hek slaan, wacht
even.' Het vrouwtje keek om zich heen en schuifelde toen naar het spinnewiel toe, waar ze voorzichtig de naald losschroefde.

'Hier,' zei ze, en ze stak de naald met de botte kant naar Sanne toe.

'Kijk uit dat je jezelf niet prikt, want je zult honderd jaar slapen.'

Hoe kan dat nou, dacht Sanne, ik slaap toch al? Hoe kan ik nou opnieuw in slaap vallen? Maar ze zei niks. Ze pakte de naald aan.

'Sla met de naald tegen het hek en het zal opengaan. Volg de weg zover de zon gaat en slaap niet in huisjes van peperkoek. Voor het einde van de dag zul je bij het kasteel aankomen.'

Sanne bedankte haar voor de naald en de goede raad en boog, want dat leek haar netjes om te doen.

'Nou, dan ga ik maar,' zei ze tegen de vrouw, 'anders is het straks al donker.'

Ze gaf de vrouw beleefd een hand en verliet de kamer.

Het oudje wachtte tot ze Sanne de trap af hoorde lopen, de hakjes tikkend op de traptreden, voordat ze naar een klein raam in de muur van de toren liep. Maar bij iedere pas die ze zette, veranderde er iets aan haar. Ze liep ineens niet meer gebogen en de groene jurk veranderde langzaam in een groene jas met broek, versierd met klavertjesvier.

Repelsteeltje keek op zijn gemak uit het kleine raam en zag hoe Sanne tegen het hek tikte met de naald. Mooi, dacht hij. Dat is één. Nu die vermaledijde Sprookjesspeurders nog!

De Sprookjesspeurders

Elvira wachtte tot de kust veilig was en vloog laag over de grond naar de andere kant van het fietspad. Mensen die haar of een van haar soortgenoten zagen vliegen, dachten meestal dat ze een libel was, maar Elvira nam geen enkel risico. Als ze in deze wereld gevangen zou komen te zitten, was ze ten dode opgeschreven. En haar volk ook.

Het liep inmiddels tegen de avond en het elfje maakte dankbaar gebruik van de opkomende schemering. Vliegend van struik naar struik, naderde ze het Zwarte Woud, de wijk waar de oorspronkelijke bewoners van de Hoge Landen naartoe gevlucht waren.

Volgens Repelsteeltje woonde Christel naast Sanne. Arme Sanne; iedere keer als Elvira aan haar dacht, voelde ze een steek in haar hart. Nee, niet aan denken! Alleen het voortbestaan van de elfen telde!

Het huis van Sanne kon ze bijna blindelings vinden. Daar was ze tenslotte al twee keer eerder geweest. In het huis ernaast brandde licht op de tweede verdieping. Elvira vloog omzichtig naar boven, maar niemand leek haar op te merken. Ze ging vlak onder het raam hangen en keek naar binnen. Voor een fel knipperend scherm zat een meisje met lang, donker haar. Ze bewoog haar tien vingers met enorme snelheid over een platte plaat met letters erop. Dat meisje was vast Christel, de dochter van Rapunzel. Maar wat voor tovenarij beoefende ze daar?

Op het bed zat een jongen met kort haar voor zich uit te staren. Dat moest Marc zijn. Hij kwam haar bekend voor; had ze hem al eerder gezien? Ineens keek hij op en staarde met gele ogen naar het raam. Elvira vloog meteen weg. Had hij haar gezien? Ze dook onder een grote struik in de tuin en wachtte daar vijf minuten, maar er bewoog niets. Phew, ze moest beter opletten: die jongen had wolvenogen!

Wolvenogen! Dat was het! Daar had ze hem gezien! In de Hoge Landen, toen ze op weg was naar de kroning van de nieuwe koningin! En de nieuwe koningin, dat was Christel geweest!

Ze mijmerde over de Hoge Landen, haar geboorteland, waar ze heerste over de elfen. Toen de Drie Sneeuwwitjes werden verslagen, hoopte iedereen dat de nieuwe koningin vrede en rust zou brengen in het land. Maar Christel had bedankt voor de koninklijke eer en was huiswaarts gegaan. Nu waren de Hoge Landen onbestuurbaar en deed iedereen maar wat.

De kust leek veilig en Elvira maakte aanstalten om weer terug te vliegen naar het raam.

'Hebbes!' Een mensenhand schoot met enorme snelheid door de bladeren en greep het elfje beet. Ze probeerde aan zijn grip te ontkomen, maar hij was veel te sterk. Hij trok haar door de struik heen en Elvira voelde hoe de takken haar gezicht striemden. De lomperik! Wist hij niet dat hij met een prinses te maken had?

'Kijk uit voor mijn vleugels, bruut!' gilde ze uit.

Maar het was al te laat. Met zijn twee grote handen tilde haar aanvaller Elvira van de grond en nam haar mee naar een onbekende bestemming.

Knibbel, knabbel, knuisje

Sanne keek met een vies gezicht naar het huisje dat voor haar stond. Het oude vrouwtje had haar gewaarschuwd niet in huisjes van peperkoek te slapen. Sanne dacht dat ze haar wilde waarschuwen voor de boze heks die daar woonde. Maar nu ze voor het huisje stond, dacht ze dat ze meer risico liep dat het huisje zou instorten dan dat iemand haar wilde opeten. Wat een vieze, kleffe boel was dit, zeg. De van koek gemaakte bakstenen zaten vol met gaten, waarin spinnen en ander ongedierte hun woonruimte hadden gemaakt. Van de ramen, gemaakt van suiker, dropen vieze druppels over de plakken harde cake die eens vensterbanken hadden moeten voorstellen.

Sanne was op het lawaai van geklop en gezaag afgekomen dat uit het bos klonk. Alsof er iemand hard aan het werk was. Maar nu hoorde ze niets. Zou ze het zich verbeeld hebben?

Nee! Daar hoorde ze het weer! Maar, dit was geen gezaag, dit was … gesnurk! Op haar tenen liep Sanne om het huisje heen. De bomen ruisten in de wind en verborgen het geluid van haar voetstappen onder een laag geraas. Voorzichtig stak ze haar hoofd om de hoek van het huisje. Op de grond lag een reus te slapen. Hij had lang haar; zo lang, dat het zijn hele lichaam bedekte. Als er geen neus en oren uit het haar hadden gestoken, zou Sanne vast gedacht hebben dat het een berg haar was in plaats van een reus.

De reus snurkte luid en iedere keer dat hij zwaar uitademde, blies hij zijn snorpunten een stukje omhoog.

Snuf, brrrr, phew. En opnieuw, snuf, brrrr, phew. Boven op het puntje van zijn neus zat een dikke zwarte bromvlieg. Iedere keer als de snorharen bewogen, werd de vlieg van de neus geveegd. En wanneer de reus zwaar inademde, landde de vlieg weer op zijn neus. Waarna het ritueel weer opnieuw begon.

Sanne moest ervan giechelen. Ze schrok er zelf van. Meteen legde ze haar hand op haar mond. Schichtig keek ze naar het reusachtige wezen voor haar. Zou ze hem wakker gemaakt hebben? Maar nee. Er gebeurde niets. De reus bleef rustig slapen en snurken. En de vlieg bleef rustig opvliegen.

Sanne slaakte een zucht van verlichting en wilde zich omdraaien om haar weg voor te zetten,
'Ehm, kan ik u ergens mee helpen, jongejuffrouw? U ziet er een beetje stiekem uit. Jaaa.'
Sanne maakte een sprongetje van schrik en deinsde achteruit. Ze viel tegen het peperkoekhuisje aan en bleef prompt aan de muur plakken.
'Aah! Wie … wat ben jij?'
Voor haar stond een heel oud mannetje, niet groter dan haar … duim? Zou het …?
'Kleinduimpje is mijn naam, jongejuffrouw. En wie bent u, als ik vragen mag? Wij houden hier niet zo van indringers, neee. Indringers brengen meestal slecht nieuws met zich mee en problemen.'
Hij leunde pontificaal op zijn houten stok, die niet veel groter was dan een tandenstoker. Misschien, dacht Sanne, terwijl ze zich probeerde los te rukken van de kleverige muur, wás het wel een tandenstoker.
Met een stevige ruk lukte het Sanne zich los te maken van de peperkoek. Ze draaide zich om, vastbesloten zo snel mogelijk weg te komen van dat rare, sikkeneurige mannetje. Ze sloeg de hoek om en botste tegen een been. Een reuzenbeen. De knie zat zelfs nog boven haar hoofd. Sanne slikte en keek langzaam langs het been omhoog.
'Hallo,' zei ze met een klein stemmetje. Het was maar goed dat ze droomde, anders was ze vast gillend weggelopen.
'En wie hebben we hier?' fluisterde de reus, en dat was maar goed ook, anders zou hij Sanne zeker van haar sokken hebben geblazen met zijn harde stem. 'Een mensenkind, een echt mensenkind, geen greintje betovering in haar donder. Wat kom je hier doen, mensenkind? Is het echte leven te saai voor je? Moeten wij je vervelende, duffe leventje opfleuren met onze betoverende karakters?'
De reus sprak op vriendelijke toon tegen haar, maar zijn woorden klonken Sanne helemaal niet vriendelijk in de oren. Hoezo saai? Waarom was zij saai? Omdat ze geen reus was? Of omdat ze niet zo klein was als een duim? Pff, hij kon haar wat!
Op school had de juffrouw een keer verteld dat moeilijke dingen, waar je overdag niet aan durfde te denken, soms in je dromen tevoorschijn kwamen. Dingen waar je bang voor was, maar ook dingen die je stiekem heel graag wilde doen. Of wilde zijn! En Sanne moest toegeven dat ze heel vaak wenste dat ze niet zo gewoon was. Dat ze eigenlijk liever

een elfje was dan een meisje zoals alle andere meisjes. Dat ze wilde vliegen en vreemde landen wilde ontdekken.

Ze keek onbevreesd omhoog naar de reusachtige figuur die voor haar stond.

'Jij bent niet echt,' zei ze stellig. 'Ik droom en ik heb jou bedacht. En ik ben helemaal niet saai, dus hou je mond.'

Vastberaden draaide Sanne zich om en liep langs een verbouwereerd kijkende Kleinduimpje. Achter zich hoorde ze de reus bulderen van de lach. Sanne moest haar handen over haar oren houden, zo hard was het.

'Ik neem mijn woorden terug,' zei de reus, deze keer weer met een fluisterende stem. 'Ik ben in mijn leven voor alles wat mooi en vooral lelijk is uitgemaakt, maar nog nooit heeft iemand geroepen dat ik niet echt ben. Hahaha, zo te zien ben jij het die óns leventje komt opfleuren. Hoor je dat, Kleinduimpje? Ik besta niet! En hij, kleine jongedame, heb jij mijn hoogbejaarde collega ook uit je duim gezogen?'

Sanne nam Kleinduimpje in zich op. Wat een vreemde droom was dit. Was het normaal dat je in een droom ruzie zocht met wezens die je droomde? Ze begon zich af te vragen of dit wel een normale droom was. Ze raakte helemaal in de war.

Kleinduimpje keek Sanne aandachtig aan, alsof hij op een reactie wachtte. En toen haar antwoord uitbleef, nam hij het woord.

'Er is iets raars met haar, jaaa. Het is alsof ze er maar half is.'

'Dat is omdat ik droom, gekkie!' riep Sanne gefrustreerd. 'Ik lig gewoon thuis te slapen, in bed! Hè! Snap dat dan!'

Ze ontplofte zowat. Wat deed ze hier eigenlijk, bij die lompe sprookjesfiguren? 'Weet je wat,' zei ze, 'ik heb hier geen tijd voor. Straks word ik wakker voordat ik de vloek van het kasteel heb opgeheven! En daarvoor ben ik hier!'

Resoluut draaide ze zich om en liep weg van het peperkoeken huisje en van haar ondervragers. Ze bekeken het maar. Het was háár droom!

Even later liep ze weer op het bospad waar ze vandaan was gekomen. Hopelijk was dit de goede weg naar het kasteel en kwam ze geen wezens meer tegen die twijfelden of ze wel echt was.

Elvira

Christel zat druk achter haar pc te tikken. Ik wist dat ik haar op dit soort momenten beter niet kon storen. Ze was informatie over slaapziektes aan het zoeken op het internet.

Ik dacht terug aan vanmiddag. Op de terugweg van Het Berkenbos was er niet veel gezegd in de auto. Ik zat er eigenlijk op te wachten dat mijn vader zou zeggen dat wij ons er niet mee moesten bemoeien, toen hij begon te praten.

'Marc, Christel, luister eens even. Je moeder en ik hebben voor vanavond de andere Hooglanders bijeen geroepen.'

De Hooglanders, dat waren de oorspronkelijke bewoners van de Hoge Landen, het sprookjesland waar onze ouders oorspronkelijk vandaan kwamen. En waar Christel en ik een paar maanden geleden 'op bezoek' waren geweest.

'We gaan proberen een oplossing te bedenken voor Sanne,' vervolgde hij, 'maar om eerlijk te zijn …'

'… weten we niet waar we moeten beginnen …' vulde mijn moeder aan. 'De Schone Slaapster leefde ruim voor onze tijd en wij weten ook niet veel meer dan dat ze na honderd jaar wakker werd gekust door een prins.'

'Marc,' vervolgde mijn moeder, 'misschien kun jij …'

'Dat hebben we al geprobeerd, mevrouw Van der Bos,' antwoordde Christel voor mij. 'Er gebeurde niets …'

Het bleef even stil in de auto. Christel en ik keken elkaar even aan. Mijn vader nam het gesprek weer over en deed net alsof het onderwerp kussen niet besproken was.

'Wij, je moeder en ik, denken dat de anderen ook niet veel verder zullen komen, vanavond. De meesten van onze buren willen niets eens meer praten over onze tijd in de Hoge Landen. Er zijn er zelfs die ontkennen dat het ooit bestaan heeft. Die net doen alsof ze hier geboren zijn.'

'Daarom,' zei mijn moeder zachtjes, 'wilde je vader vragen of jullie op onderzoek konden gaan. Misschien dat jullie iets op het internet kunnen vinden? Jullie zijn tenslotte de Sprookjesspeurders.'

Normaal zou ik opgesprongen zijn van blijdschap. Een klus! Voor De

Sprookjesspeurders! Mijn vader die ons serieus nam en niet begon te gillen dat we ons er niet mee moesten bemoeien! Alleen hing deze keer het leven van Sanne van ons af. En als we niets zouden vinden …

Dus knikte ik en zei: 'Tuurlijk, mam, pap. We zullen ons best doen. Toch, Christel?'

'Tuurlijk,' zei Christel zachtjes. 'We vinden wel wat …'

En nu zat ik in de slaapkamer van Christel en wisten we zeker dat Repelsteeltje erachter zat. We hadden nog niemand iets verteld, we wilden wachten tot de bijeenkomst zou beginnen. Ik zou het eerst aan mijn ouders vertellen en dan konden zij besluiten of ze het aan andere Hooglanders wilden laten weten.

Ik rook een vaag bekende geur, een die ik niet zo lang geleden geroken had. Zeker niet hier in de Lage Landen. Het rook … magisch.

Ik keek op naar het raam en zag iets wegvliegen. We werden bespioneerd! Een handlanger van Repelsteeltje? Ik besloot Christel niet bang te maken en zei dat ik even naar de wc moest. Ze mompelde iets ter bevestiging en ging door met typen.

Het raam van Christels slaapkamer bevond zich aan de voorkant van het huis, dus ik besloot de achterdeur te nemen en om te lopen.

Ik sloot de achterdeur en sloop rond het huizenblok. Ik snoof geruisloos in de lucht. Het spoor leidde naar de overkant van de weg, naar de andere kant van het fietspad. Alsof ik weer een wolf was sloop ik verder, neus in de lucht. Het spoor leidde naar een serie struiken. Geruisloos wachtte ik totdat ik iets zag bewegen.

'Hebbes!' Met een snelle beweging pakte ik het beest dat verstopt zat onder de struik beet. Ik nam geen enkel risico, wie weet wat voor verschrikkelijk wezen Repelsteeltje op ons had afgestuurd.

'Kijk uit voor mijn vleugels, bruut!' gilde het beest met een schattig piepstemmetje. In mijn hand lag een elfje. En ik had haar eerder gezien. Maar toen waren het er twee geweest. Ik was op weg naar het kasteel van de Drie Sneeuwwitjes en wilde mij net gaan omkleden in de struiken, zodat ik in een wolf kon veranderen. Daar had ik de twee elfjes per ongeluk aan het schrikken gemaakt. Hoe had het andere elfje haar genoemd? Haar naam lag op het puntje van mijn tong; ze heette …

'Elvira,' zei ik. 'Ze noemde je Elvira. Hallo klein elfje, wat kom je hier doen?'

Verhit kwam ik de kamer van Christel binnen, die verstoord opkeek van haar scherm.

'Marc, niet zo hard de trap op lopen, joh! Je weet hoe mijn ...'

Ze staarde naar het wezentje dat ik in mijn hand geklemd had.

'Wat is dat?'

'Het is een elfje, ze heet Elvira. Ik ken haar van de Hoge Landen. Nou ja, kennen, ik heb haar één keer eerder gezien. Ze bespioneerde ons door het raam. Het is vast geen toeval dat ze hier is.'

Christel stond op en boog zich over het trillende elfje in mijn handen heen.

'Dus het is waar?'

'Wat is waar?' Ik keek haar vragend aan.

'Sanne droomde jaren geleden dat ze een elfje gered had uit de achtertuin. Ze noemde haar Elvira. Dat was voordat ik wist dat sprookjes echt bestonden, dus ik geloofde haar uiteraard niet. En daarna heb ik er nooit meer aan gedacht.'

'Sanne kende haar?'

'Yep. En de vorige keer dat ze haar zag, is ze 's nachts de tuin in gelopen om haar op te pikken ...'

'Dus de kans is groot ...'

'... dat ze dat een tweede keer gedaan heeft ...'

'... en de schuur in gelokt werd ...'

'... naar het betoverde spinnewiel ...'

' ... Prik ...'

' ... Dag, Sanne ...'

Het elfje keek gebiologeerd heen en weer naar onze gezichten met een uitdrukking van bewondering op haar gezicht.

'Dus daarom noemen ze jullie de Sprookjesspeurders ...' zei ze met een zucht. 'Jullie zijn echt goed.'

Een glimlach kwam op mijn gezicht.

'Dankjewel,' zei ik. 'We doen ons best.'

'Misschien kunnen jullie mij helpen,' zei Elvira zachtjes en haar ogen begonnen te gloeien. 'Ik ben mijn ...'

'Trap er niet in, Marc,' onderbrak Christel haar. 'Ze heeft Sanne ook in de val gelokt, met haar stem of met haar ogen. Ze is niet te vertrouwen.'

Ze nam het elfje van mij over en bracht haar tot vlak voor haar gezicht.

'Wat wil je? Wat doe je hier? Werk je voor hem? Spreek!'

Er werd op de deur geklopt. Ik snoof twee keer.

'Mijn vader?' zei ik. 'Wat doet hij hier? Is de bijeenkomst al begonnen?'

'Wacht even!' riep Christel. Ze keek in het rond, op zoek naar een plek waar ze het spartelende elfje in kon leggen. Zonder plichtplegingen schoof ze de la van haar bureau open en legde het elfje erin. Ze sloot de la weer. Gedempte protesten kwamen uit het bureau.

'Binnen!' riep ze.

De deur ging open en het gezicht van mijn vader verscheen in de opening.

'Het is zover, Marc! Kom snel naar huis! Je moeder is aan het bevallen.'

Elvira vertelt

Christel zat op de rand van haar bed en keek bedachtzaam naar het elfje op haar hoofdkussen. Het elfje keek haar boos aan. Misschien was dat omdat Christel haar vastgebonden had met strengen van haar eigen haar. Niet iedereen kon daar goed tegen.

Marc was thuis, bij zijn moeder, die een kind kreeg. Zou Marc straks nog wel tijd voor De Sprookjesspeurders hebben, vroeg Christel zich af, of moest hij straks na schooltijd meteen naar huis toe om zijn moeder te helpen? Was er nog een toekomst voor het detectivebureau?

Voor haar lag het elfje. Ze was klein, niet veel groter dan Christels hand, en zag er breekbaar uit, zeker nu ze vastgebonden was. Kwetsbaar. Onschuldig. Eigenlijk best wel lief.

Toen dacht Christel aan Sanne. Sanne, die een paar kilometer verderop in een ziekenhuis lag te slapen. En die over honderd jaar nog zou slapen, als Christel niet iets zou bedenken om haar te redden. En dat was allemaal de schuld van dat elfje dat hier vastgebonden op haar hoofdkussen lag. Ze vond haar er ineens niet meer zo onschuldig uitzien. En al helemaal niet lief.

'Zo,' zei Christel, 'vertel eens.' En ze bewoog haar gezicht tot vlak voor het bibberende elfje. 'Wat heeft Repelsteeltje je beloofd in ruil voor het leven van Sanne? Goud? Eten?' En ze prikte eventjes in het dunne lijfje, dat best wel wat eten kon gebruiken. 'Of beloofde hij dat je de nieuwe koningin van de Hoge Landen mocht worden als je meewerkte? Dat doet ie wel vaker, hoor, koninkrijken weggeven. Zolang hij maar degene is die aan de touwtjes trekt.'

Het elfje begon nog harder te bibberen en er kwamen traantjes op in haar piepkleine, schattige oogjes.

'O, lieve Christel, doe me geen pijn. Ik wist niet wat Repelsteeltje van plan was, anders had ik het zeker niet gedaan,' stamelde ze. 'Wil je mij niet losmaken, alsjeblieft?'

Christel aarzelde even. Het was inderdaad geen prettig gezicht, zo'n lief en schattig elfje vastgebonden te zien liggen op …

Nee! Wat gebeurde er? Christel ging snel staan en liep weg van het bed. 'Wat doe je met me?' schreeuwde ze. 'Wat voor betovering …'

Het begon haar te dagen.

'Dat is ook hoe je Sanne naar buiten hebt gelokt, is het niet? Je doet iets met je ogen. Je hebt haar betoverd, je hebt haar naar het spinnewiel gelokt en haar zich daar laten prikken aan de naald. Je wist wel degelijk wat Repelsteeltje van plan was!'

Ineens kreeg Christel een idee. Ze trok een la van haar bureau open en rommelde wat tussen de spullen. Daar, achter haar dagboek, lag hij! Ze had hem al een paar maanden niet gebruikt, omdat het winter was. Met een triomfantelijke blik pakte ze haar zonnebril uit de la. Ze zag zichzelf weerspiegeld in de zilveren glazen. Snel zette ze het ding op haar neus. Meteen werd de kamer donkerder van kleur en de contouren van de meubels minder helder. Christel schoof de la met een knal dicht en ging weer zitten, op dezelfde plek op het bed, en keek het elfje door de glazen van haar bril aan.

'Zo, probeer je hekserij nu nog maar eens op mij uit.'

Elvira keek in het spiegelende oppervlak van de zonnebril.

'Oké, jij wint,' zuchtte ze. 'Repelsteeltje heeft mijn bloemenfluit gestolen. Zonder bloemenfluit wordt het nooit meer lente, zonder lente vertrekt mijn volk naar een ander gebied waar nog wel bloemen groeien. Zonder mij, natuurlijk. Wie wil er nou een prinses zonder fluit?'

'Je hebt Sanne betoverd voor een fluit?' vroeg Christel dreigend. 'Je bent al net zo erg als Kleinduimpje. Jullie denken alleen maar aan jezelf; wat er met anderen gebeurt, interesseert jullie niets! Helemaal niets!'

Het elfje gaf geen antwoord. Wat moest ze zeggen?

Christel ging verder met haar ondervraging.

'Maar waarom ben je teruggekomen? Repelsteeltje heeft waar hij naar zocht: een mensenkind. Dus waarom ben je aan het spioneren? Wat moest je van ons?'

'Ik moest een stuk perkament op jouw kussen leggen. Ik wist niet zeker of jullie al sliepen, dus ik spiekte door de ramen. Ik wilde wachten tot er niemand was, zodat ik de boodschap kon achterlaten.'

'Welke boodschap?' vroeg Christel.

Elvira wees met haar hoofd naar een klein zakje dat om haar middel hing. Met haar armen kon ze niet wijzen, omdat die nog steeds goed vastgebonden zaten.

'Kijk maar even in mijn buidel, daar zit het in.'

Omzichtig kwam Christel dichterbij, vastbesloten zich niet door het

elfje te laten verrassen. Maar die leek de strijd te hebben opgegeven.
De buidel zat dichtgebonden met een heel dun draadje en het kostte
Christel een paar minuten voordat ze het losgepeuterd had. In de buidel
zat een opgevouwen briefje. Christel vouwde het open. En open. En
open. Nadat ze het wel acht keer opengevouwen had, lag er een onbe-
schreven stuk perkament in haar handen. Een perkament dat haar wel
erg bekend voorkwam.
'Dus jij hebt ook het briefje op het kussen van oma Bimbam gelegd? Jij
hebt ervoor gezorgd dat Repelsteeltje haar kon bellen en dat Marcs oma
verdwaasd door het dorp dwaalde? Zonder jou hadden we al onze problemen nooit gehad, dan wisten we niet eens dat we de kinderen van
sprookjesfiguren waren.'
Met ieder woord werd Christel bozer op het elfje. Hoe durfde ze! Hoe
durfde dat … dat wezen hun leven overhoop te gooien! Repelsteeltje
was een gemene rotkabouter, maar zij was nog veel erger. En dat allemaal voor een fluit?
'Het was een heel mooie fluit,' fluisterde Elvira zachtjes.
Christel besloot het elfje te negeren. Ze was bang dat ze haar anders wat
zou aandoen. Ze pakte het perkament en liep er vastberaden mee naar
de spiegel die aan haar muur hing. Zou het ook werken met een gewone
spiegel? Of moest die betoverd zijn? Ze hield het stuk papier voor zich
en zag direct hoe er zilveren letters op het perkament verschenen. Even
gleed er een blik van teleurstelling over haar gezicht toen ze zag dat ze
tekst niet kon lezen, maar toen realiseerde ze zich dat ze het papier
ondersteboven hield.
Op het papier stond de volgende tekst:

Yo, Sprookjesspeurders,

Hou maar op met chillen
Want ik heb nog een appeltje met jullie te schillen
Als jullie Sanne levend terug willen zien
En ook nog wakker bovendien
Dan zetten jullie het nu rap op een lopen
En doen nog één keer Bimbams klokje open
Zeg 'Droomroosje' en help mij gezwind
Bij mijn queeste naar een koningskind

Repelsteeltje

De eerste nacht in het kasteel

Sanne zag de oude man al zitten voor het kasteel. Ze vroeg zich af of er ook nog kinderen in deze wereld woonden. Iedereen die ze tegenkwam, leek ouder dan haar grootouders.

De oude man stond op van zijn gammele krukje om Sanne te verwelkomen. Zijn lange haar was vet en grijs en hing in strengen rond zijn gezicht. Zijn wangen waren ingevallen en zijn rug was gebogen en gebocheld. Op zijn hoofd stond een kroontje dat ooit eens van glimmend goud was geweest. Nu was het edelmetaal dof geworden van ouderdom. Sanne begroette de oude koning, die beleefd terugknikte en haar een beduimeld perkament overhandigde. Sanne las wat er met grote hanenpoten op geschreven stond.

Zeer geachte avonturier,

Welkom bij het spookkasteel. Zonder twijfel bent u hier om de vloek op te heffen. Het enige wat u hoeft te doen, is drie nachten binnen door te brengen. En er weer levend uit te komen. Het helpt als u niet bang bent. Maar niet veel.

Mocht u het niet overleven, dan zal uw geest zich aansluiten bij het leger van ondoden dat het kasteel thans herbergt. Het schijnt er erg gezellig te zijn. Mocht u na drie nachten triomfantelijk en levend het kasteel verlaten, dan krijgt u de hand van mijn zoon of dochter (doorhalen wat niet van toepassing is) en al het goud dat ik in mijn bezit heb.

Hoogachtend,

De koning

Sanne keek de oude koning aan, die afwachtend voor haar stond.

'Zijn er al eerder mensen het kasteel binnengegaan?'

De koning knikte.

'Zijn er weleens mensen levend teruggekomen?'

De koning schudde zijn hoofd.

Sanne aarzelde even.

'Hoe oud zijn uw zoon en dochter? Ouder dan ik?'

Een licht knikje.

'Veel ouder dan ik?'

Weer knikte de koning bevestigend.

'Heel veel ouder dan ik?'

Ze hoefde het antwoord niet eens af te wachten. Dit kasteel was al zo lang behekst, dat het op de monumentenlijst gezet kon worden. En het was een illusie om te denken dat zij wel even de vloek zou opheffen, als het zo veel anderen niet gelukt was. Aan de andere kant, het was háár droom, dus wie weet. En het ergste wat haar kon overkomen, was dat ze wakker werd. Ze ging het erop wagen. Sanne groette de koning en zette een eerste aarzelende stap op de ophaalbrug van het kasteel. Ze keerde zich nog eenmaal om, voor een laatste vraag: 'Dat goud, heeft u dat eigenlijk nog?'

De koning schudde zijn hoofd.

'Dat dacht ik wel,' zei Sanne, en ze wandelde het kasteel in.

Sanne kende spookkastelen alleen maar van de Efteling. Wat haar daar opviel, was dat de makers hadden geprobeerd alles zo eng mogelijk te maken. Overal hingen schilderijen met monsters erop, spraken geesten via glazen bollen en bewogen kroonluchters als vanzelf aan het plafond. Dit kasteel leek in de verste verte niet op de attractie uit het pretpark. Ten eerste was het een gewoon kasteel, zonder monsterlijke schilderingen en zonder vreemd bewerkte meubels die uit zichzelf bewogen. Het was er oud en vies. Spinnenwebben en dikke lagen stof vochten om een plek op de muren en de tafels. De schilderijen die er hingen, waren vooral saai en lelijk, met oude mensen in afzichtelijke kleren die tevergeefs probeerden zo interessant mogelijk te kijken.

Ten tweede, en dat was nog veel belangrijker, was het kasteel doodstil. Geen spoken die onverwacht uit de muren kwamen of boven je hoofd zweefden, geen monsters die zich schuilhielden in spiegels of glazen bollen, geen skeletten die haar met rammelende botten het kasteel uit probeerden te jagen. Maar goed. Het was nog geen middernacht; wat niet was, kon natuurlijk nog komen.

Sanne liep naar de open haard die zich in het midden van de schoonste kamer bevond en schepte met de zitting van een kapotte stoel, die ze als schop gebruikte, het gruis eruit dat zich in de loop der jaren verzameld had. Daarna gooide ze de zetel en de rest van de stoel erin en ging op zoek naar lucifers. Ze had nog geen twee passen gezet, toen de inhoud uit zichzelf ontvlamde. Het vuur verlichtte de kamer en spookachtige schaduwen speelden toneel op de muren. Oké, dacht Sanne, het is begonnen. Ze zocht een comfortabele stoel uit, die ze zo goed mogelijk afstofte en voor de brandende open haard schoof. Daar kroop ze op, met opgetrokken knieën, en wachtte op wat er komen zou.

Ze had geen honger, wat eens te meer een bewijs was dat ze droomde. Ze liep nu al een dag rond in deze wereld, zonder een hap gegeten te hebben. Normaal rammelde ze al van de honger als ze net ontbeten had. Achter zich hoorde ze een geluid, alsof er een kat miauwde. Sanne keek behoedzaam over de leuning van de stoel in de richting van het geluid. In een hoek van de kamer zaten twee uitgemergelde katten. Ze waren ooit pikzwart geweest, maar nu staken de grijze haren tegen hun vacht af. Om hun hals hadden ze een halsband waaruit grote spijkers staken, zoals je dat vaak ziet bij buldogs in tekenfilms. De katten bliezen zoals alleen katten dat kunnen en jankten: 'O, miauw. We hebben het zo koud! O, miauw, als we het nou eens warm zouden kunnen krijgen.' Sanne liet zich niet kennen en riep de katten bij zich.

'Kom maar hier, hoor, hier is vuur. Hier is het lekker warm.'

De twee afzichtelijke beesten kwamen dichterbij en vlijden zich neer voor het haardvuur. Van dichtbij waren ze nog lelijker dan van veraf. Ze waren vel over been, zag Sanne, ze hadden duidelijk al een eeuwigheid niet gegeten. Misschien wel letterlijk.

Het is maar goed dat dit een droom is, dacht Sanne. Kijk eens naar die scherpe tanden en puntige nagels. En dan die hongerige blik in hun ogen. Ze kijken naar me alsof ik een lekker hapje ben.

'Zullen we een spelletje spelen?' vroeg Sanne aan de katten, om de stilte te verbreken.

'Miauw, dat is goed,' antwoordde de kleinste kat. 'Waar zat je aan te denken?'

Sanne haalde haar schouders op. 'Maakt me niet uit, als we maar iets te doen hebben om de nacht door te komen.'

Prompt begonnen de twee katten miauwend te lachen. Het klonk Sanne afschuwelijk in de oren; het was net alsof ze gemarteld werden en het uitkrijsten van de pijn.

'Miahahahauw, miahahahauw,' krijsten de katten van plezier. 'Ben je bang dat je je gaat vervelen, meisjelief? Wacht maar af, er staat je nog heel wat te wachten de komende nacht. Miahahahauw!'

Sanne haalde opnieuw haar schouders op en deed net alsof het haar niets deed. 'Als dat waar is,' zei ze, 'dan kunnen we maar beter beginnen, vind je ook niet? Voordat het hier onrustig wordt.'

Een van de katten verdween met een geweldige sprong de kamer uit en kwam even later weer terug met een pak kaarten in zijn klauwen. Een paar minuten later zaten ze met z'n drieën te pesten. Nadat Sanne twee potjes gewonnen had, stelde de kat voor om 'ergens om te spelen'.

'Waarom dan?' zei Sanne. 'Ik heb geen geld of andere spullen die iets waard zijn bij me.'

'Als wij winnen,' antwoordde de kat, 'dan ben je voor een jaar onze slaaf. Maar als wij verliezen, dan mag je drie wensen doen.'

Als het geen droom was geweest, had Sanne nooit ingestemd met de weddenschap. Maar wat kon haar gebeuren? Als ze zou verliezen, zou ze gewoon wakker worden en weer naar school gaan. Niets aan de hand dus. Maar als ze drie wensen mocht doen …?

'Dat is goed,' antwoordde ze. 'Drie wensen, laten we spelen.' En ze schudde de kaarten een extra keer, voordat ze deze ronddeelde.

De klok van oma Bimbam

Christel stond voor het huis van oma Bimbam. Ze dacht aan vorig jaar, toen ze met een smoesje het huis was binnengekomen en via de staande klok naar de Hoge Landen was gevlucht. Ze had achteraf weliswaar haar excuses aangeboden aan oma, maar toch had ze daarna niet meer op bezoek durven komen.

Ze haalde diep adem en klopte op de deur. Er hing geen touwtje meer uit de brievenbus. Oma Bimbam was wantrouwend geworden tegenover de buitenwereld.

Er werd niet opengedaan. Christel klopte nogmaals en tuurde door het raam. Alles was donker, oma Bimbam was duidelijk niet thuis. Daar had Christel dus geen rekening mee gehouden. Op weg naar het huis had Christel verschillende verhalen bedacht om zich naar binnen te kletsen en bij de klok te komen. Uiteindelijk had ze besloten maar gewoon de waarheid te vertellen. Maar nu het huis leeg bleek te zijn, moest ze iets anders verzinnen. Christel liep het huis rond en morrelde aan deuren en ramen. Alles zat op slot. Ze slikte een vloek in. Wat nu?

Even later stond ze in de keuken van oma Bimbam. Tussen de glasscherven lag het stuk steen dat ze door de ruit heen had gegooid. Nu wist ze zeker dat ze Marcs oma nooit meer onder ogen durfde te komen.

Geen tijd om de boel op te ruimen: er moest eerst een kabouter aangepakt worden. Ze liep door de gang naar de staande klok. Ze ging ervoor staan en haalde het stuk perkament uit haar broekzak. De letters waren zonder spiegel niet te zien, maar gelukkig had ze een goed geheugen. Christel schraapte haar keel en zei: 'Droomroosje.'

Met een klik ontsloot het deurtje van de klok zich. Christel deed het verder open en keek in de haar welbekende stenen kamer die zich achter de klok bevond. Ze klom naar binnen.

Hé, er was wat veranderd! In plaats van een grote en een kleine deur was er nu een stalen hek te zien in de muur. Aarzelend pakte Christel de metalen deurkruk beet. O, koud! De deurkruk piepte, maar verder ging hij moeiteloos naar beneden. Oké, daar gaan we, dacht Christel. Ze opende het hek en stapte het koude zwart in dat zich erachter bevond.

Even was daar weer het gevoel alsof ze viel, en toen rolde ze met haar val mee over de grond. Ze opende haar ogen, die ze eerder stevig dichtgeknepen had, en keek naar een kleine tuin met een foeilelijke fontein in het midden. Een kitscherige stenen kikker spoot water uit zijn bek, dat in de vijver kletterde. En op de rand van de fontein zat …

'Repelsteeltje!' gilde Christel. Ze kwam overeind en stormde op de kabouter af. 'Jij rotkabouter! Waar is Sanne?'

'Leprechaun,' corrigeerde Repelsteeltje haar. 'Als je mij dan toch uitscheldt, Christel, doe het dan goed. En waar is Marc? Waarom zijn jullie niet met z'n tweeën?'

Hij nam haar minzaam op en maakte geen aanstalten om de aanstormende Christel te ontwijken. Het meisje aarzelde en minderde vaart. Wat voerde hij in zijn schild? Waarom bleef hij zo kalm?

'Ga zitten, Christel, dan kunnen we onderhandelen over Sannes leven. Als Marc er niet is, dan doe ik het wel met jou.'

'Ik blijf liever staan,' zei ze dwars.

'Wat jij wilt, mijn liefje.'

'Ik ben je liefje niet!'

'Zolang ik Sanne in mijn macht heb, ben jij wat ik wil dat je bent!' antwoordde de kabouter giftig. 'Zit!'

'Waarom?!' gilde Christel. 'Wat wil je van me? Waar is Sanne?'

De kabouter zuchtte. 'Ik zal het goed met je maken, meisjesmens. Je mag me drie vragen stellen; daarna ben ik aan de beurt, afgesproken?'

Christel ging woedend op de rand van de fontein zitten, op een veilige afstand van Repelsteeltje. Ze negeerde het vieze water, dat vol met botten lag, en vuurde haar vragen op de leprechaun af.

'Afgesproken! Waar is Sanne?'

'In een kasteel, enkele tientallen kilometers hiervandaan. Het is ongeveer een dag reizen. Als je nu vertrekt, ben je er nog voor middernacht. Ik raad je aan om het kasteel voor twaalf uur te betreden, want de kans dat je er anders levend uit komt, is gering. Als je wilt, kan ik je een routebeschrijving geven. Het is niet moeilijk te vinden.'

Christel beet op haar tong. Ze wilde weten of het goed met Sanne ging, hoe lang geleden ze vertrokken was en waarom hij haar uitgekozen had om te ontvoeren, maar dat waren niet de vragen die ze moest stellen. Niet nu ze er nog maar twee overhad. En Christel wist uit ervaring dat Repelsteeltje een leprechaun van zijn woord was. Hij loog nooit, al waren zijn antwoorden vaak niet wat je wilde horen. Haar brein werkte op volle toeren en Repelsteeltje begon te lachen.

'Ha! Daar kan je mede-Sprookjesspeurder nog wat van leren! Wat een zelfbeheersing. Eindelijk een waardige tegenstander.'

Christel negeerde zijn vleierij; hij probeerde haar alleen maar van haar stuk te brengen. Ze wist wat haar tweede vraag zou worden, ze moest alleen nog de juiste formulering vinden.

'Hoe kan ik …' begon ze, 'nee, wacht even. Wat moet ik … wat moet er precies gebeuren of gezegd of gedaan worden om Sanne wakker te krijgen?'

Repelsteeltje begon in zijn handen te klappen. 'Perfect,' zei hij. 'Weet je zeker dat je niet voor jezelf wilt beginnen? Nee, laat maar, je hoeft de vraag niet te beantwoorden. Ik zie dat je ongeduldig wordt.'

Dat had hij goed gezien. Christel ontplofte bijna van woede. Het was dat ze kalm moest blijven voor Sanne, anders was ze die rotkabouter aangevlogen. Ze was een kop groter dan hij en wist zeker dat ze hem aankon. Maar dan zou ze Sanne nooit meer wakker terugzien. Ze moest het spel volgens zijn regels spelen. Althans, voorlopig. Ze haalde diep adem en staarde Repelsteeltje aan, zonder een moment met haar ogen te knipperen.

'Om Sanne wakker te maken moet ze zich prikken aan de naald van het spinnewiel die ze bij zich heeft. Dat is alles.'

Christel slaakte een zucht van verlichting. Hebbes! En meteen wist ze hoe ze definitief met Repelsteeltje moest afrekenen. Ze opende haar mond om de laatste vraag te stellen en sloot hem toen weer. Rustig blijven, Christel, sprak ze zichzelf toe. Ben je een Sprookjesspeurder of niet? Eerst uitvinden wat hij in zijn schild voert, waarom hij haar hiernaartoe had gehaald. En waar was hier eigenlijk?

Voor het eerst sinds ze hier was, nam ze de tijd om haar omgeving in zich op te nemen. De binnenplaats hoorde bij een kasteel en de fontein kwam haar bekend voor. Niet omdat ze hem eerder gezien had, maar vanwege iets wat Marc haar had verteld. De Fontein des Levens! Die zag er precies zo uit als in Marcs verhalen! Maar hoe kon Repelsteeltje hier dan rondlopen? De laatste keer had hij Marc opgedragen een kopje water te halen, om daarmee de Drie Sneeuwwitjes weer tot leven te wekken. Repelsteeltje kon zelf niet gaan, omdat hij hier al eerder was geweest. Want geen levend wezen mocht meer dan één keer het kasteel betreden.

Christel draaide zich een halve slag en bestudeerde het water in de fontein. Vanuit een ooghoek zag ze dat Repelsteeltje haar op zijn beurt aandachtig bekeek, maar ze gaf geen kik.

De bodem van de fontein was bedekt met botten en schedels. Christel telde de ledematen en werd bevestigd in haar vermoeden. Van alles lagen er drie in het water: drie paar armen, drie paar benen, drie schedels en drie borstkassen. Drie skeletten van …

'De Drie Sneeuwwitjes. Je hebt de skeletten van de Drie Sneeuwwitjes in het Water des Levens gegooid om ze weer tot leven te wekken …' Ze deed haar uiterste best om het niet als een vraag te laten klinken, maar als een constatering. Deze keer hapte de kabouter daadwerkelijk naar adem.

'Wat …?' zei hij. 'Hoe weet je …'

'Het werkte niet,' ging Christel onverstoorbaar door, 'anders waren ze hier wel geweest. Sterker nog, het water verloor waarschijnlijk zijn kracht doordat het vervuild werd door de beenderen. Daarom kun je hier ook weer rondlopen, omdat de betovering van het water en dus van het kasteel verbroken is.'

Christel keek Repelsteeltje triomfantelijk aan. Ze hoefde niet te vragen of ze gelijk had, ze mócht niet eens vragen of ze gelijk had, maar de blik op het gezicht van Repelsteeltje sprak boekdelen. Hij was verbijsterd.

Tijd voor de genadeslag, tijd voor de laatste vraag.

'O ja, wat ik nog wilde weten,' zei ze als in een opwelling. 'Wat moet er precies gebeuren of gezegd of gedaan worden om eens en voor altijd van jou af te komen?'

Repelsteeltje trok wit weg. Hij was van zijn zitplaats opgestaan toen Christel hem vertelde over zijn mislukte plan om de Drie Sneeuwwitjes weer op te wekken. Nu deinsde hij achteruit en viel over een bezem die iemand achteloos op de grond had gegooid. Zijn hoofd knalde tegen de stenen tegels die rond de fontein lagen. Au! Wat gebeurde hier? Dit was niet de bedoeling! Christel mocht niet … Ze kon niet …

'Nou?' vroeg Christel, die ook was opgestaan en over de machteloze Repelsteeltje heen stond gebogen. 'Je moet antwoorden en je mag niet liegen. Dat heb je ons zelf verteld, Repelsteeltje. Moet ik de vraag herhalen?'

De leprechaun schudde zijn hoofd. Hij wist wanneer hij verloren had.

Hij richtte zich op, steunend op zijn ellebogen, en keek naar het meisje dat hem verslagen had. Het was over. Tenzij …

'De enige manier om definitief van mij af te komen,' zei hij tegen Christel, 'is drie keer mijn echte naam te noemen.' En terwijl hij dat zei, klauwde hij het magische witte kristal dat Christel altijd om haar hals droeg, van haar ketting en wierp het in de fontein. Het water begon te bruisen en te kolken. Bubbels dreven naar boven, plopten open en er kwam een verschrikkelijke stank vrij. Christel begon te kokhalzen. Repelsteeltje maakte van de gelegenheid gebruik om overeind te krabbelen en naar het kasteel te rennen.

'Repelsteeltje!!!' gilde Christel. Achter haar rees een monsterlijk gevaarte op uit de fontein. Christel wilde niet kijken wat het was, omdat ze in haar hart allang wist wat er gebeurde. Maar als dit haar einde zou zijn, zou ze in ieder geval die rotkabouter meenemen.

'Repelsteeltje!' gilde ze voor de tweede keer, en ze rende achter de leprechaun aan. De kabouter trok een deur open die in de muur van het kasteel verscholen zat en schoot naar binnen.

Achter Christel klonk een gerommel, en toen ze onbedoeld toch omkeek, zag ze dat haar ergste vermoedens bewaarheid waren. Uit de fontein rees een reusachtig wezen op, samengesteld uit een half dozijn

armen, benen en borsten en met drie afzichtelijke koppen erop, die samengesmolten waren tot één gigantisch smerig hoofd met drie vertrokken monden.

'Waaahaaa!!!!' Het monster huilde als een pasgeboren baby en sloeg wild om zich heen met haar zes armen.

Christel kon zich niet langer inhouden en begon te gillen. Het hoofd draaide zich om en zes bloeddoorlopen ogen staarden haar aan. Uit drie monden klonk een brul en het monster kwam op Christel afstormen.

'Help!' gilde Christel, en ze maakte dat ze wegkwam. Er was maar één kant die ze op kon en dat was door de deur waardoorheen Repelsteeltje net verdwenen was. Gelukkig, hij zat niet op slot. Achter zich hoorde ze het driekoppige monster brullen van frustratie. Snel schoot ze naar binnen en sloot de deur achter zich. Het geschreeuw werd meteen gedempt.

En nu die kabouter, waar was hij?

Christel bevond zich in een slaapkamer die gedomineerd werd door een ruim tweepersoonsbed dat uitnodigde om erin te gaan liggen. Achter het bed stond Repelsteeltje te trillen in een hoek van de kamer. Hij kon geen kant meer op! Christel kwam stapje voor stapje op hem af. Voor het bed bleef ze staan. Ze hoefde zijn naam nog maar één keer te zeggen en dan was ze voor altijd van hem af. Ze gaapte. Wat was ze ineens moe.

Niet zo gek, als ze bedacht wat ze allemaal meegemaakt had. En hier was het weliswaar overdag, maar toen ze door de klok heen stapte, was het al laat op de avond geweest. Misschien moest ze even gaan slapen. Eventjes haar ogen dichtdoen, voordat ze …

Nee! Dit was weer een val van hem! Het bed! Marc had erover verteld, het was een … het was het bed waarvan je in slaap viel! Ze moest … ze moest … nog één keer zijn naam… Terwijl ze voorover op het bed viel, opende ze haar mond en met haar laatste krachten prevelde ze: 'Repelsteeltje?'

Ze sliep al, nog voordat haar hoofd het kussen raakte.

Repelsteeltje slaakte een diepe zucht. 'Mijn echte naam, Christel, mijn échte naam …' Hij veegde het zweet van zijn voorhoofd. Dat was op het nippertje geweest; hij had het meisje onderschat. Zwaar onderschat. Dat zou hem niet nog een keer gebeuren. Hij moest en zou zijn kind hebben; hij had er alles voor over. Sanne was te oud, dat was wat Christel was vergeten. Om een mensenkind op te kunnen voeden als zijn eigen kind, mocht het niet ouder zijn dan een paar weken. Anders was het onmogelijk de menselijkheid nog weg te werken. En iemand was hem nog een kind schuldig …

De weddenschap

Sanne was aan het verliezen. Ze wist niet of de katten beter waren dan zij, of meer geluk hadden, of dat ze misschien zelfs vals speelden, maar ze wist zeker dat de twee aan de winnende hand waren. En dat baarde haar zorgen. Natuurlijk was het allemaal maar een droom, dat wist ze ook wel. Maar iets zat haar dwars. Het leek namelijk helemaal niet op een droom. Normaal als ze droomde, liepen er allemaal gebeurtenissen door elkaar heen. Dingen die ze op school meegemaakt had, of thuis, dingen die ze gelezen had die dag. En vaak werd ze halverwege een droom plotseling wakker, omdat de wekker ging bijvoorbeeld, of omdat ze een geluid hoorde. Dit was heel anders. Dit was, ze durfde het haast niet te denken, net als die keer dat ze het elfje in de tuin gevonden had. Ze had zichzelf er toen van overtuigd dat ze gedroomd had, maar helemaal zeker had ze niet geweten. En nu had ze weer gedroomd over Elvira, en dat ze zich geprikt had aan een spinnewiel en dat ze hier in deze sprookjeswereld was wakker geworden. Stel dat het helemaal geen droom was? Stel nou dat ze straks het laatste potje verloor en een jaar lang in dienst van deze twee hongerige beesten moest doorbrengen? Een rilling trok over haar rug. Met een schuin oog keek ze naar de katten, die links en rechts van haar zaten, met hun kaarten in hun scherpe klauwen. Ze waren zo gaan zitten dat Sanne niet weg kon lopen, besefte ze nu. Ze vroeg zich af of ze katten eigenlijk wel kon vertrouwen. Zouden ze haar echt drie wensen geven als ze zou winnen?

'Is er wat, Sanne?' vroeg de linkerkat. Het viel haar op dat iedere keer dat hij haar naam zei, hij zijn lippen aflikte met zijn ruwe kattentong. Ze rilde opnieuw.

'Ik heb het een beetje koud,' zei ze. 'Misschien kunnen jullie het vuur een beetje hoger stoken?'

'Tuurlijk, Sanne,' antwoordde het beest, dat opnieuw zijn lippen aflikte. 'We zouden niet willen dat je kou zou vatten, hè, Seymour?'

'Absoluut niet, Seymour, absoluut niet. Straks moeten we nog ziektedagen regelen! Hèhèhè …'

'Jullie heten allebei Seymour?' vroeg Sanne.

'Ja, makkelijk hè?' antwoordden de katten in koor.

'Heel erg makkelijk. Misschien kunnen jullie samen dan even het vuur voor mij opstoken, Seymour en Seymour? Dan weten we zeker dat ik straks gezond ben als ik voor jullie ga werken.'

De katten schoten in een gezamenlijke lach en keerden zich als één kat naar de open haard. Dit was de kans waar Sanne op gewacht had. Ze greep met iedere hand een stoel beet en wierp de katten met één beweging in het vuur. Hun vachten vatten meteen vlam! Gillend van de pijn probeerden de twee Seymours zich aan de vlammen te ontworstelen. Maar tevergeefs, Sanne stond al klaar met een stuk hout en mepte ze terug de open haard in.

Een paar minuten later was het gebeurd met de katten en stierf hun ijselijke gegil eindelijk weg.

Even voelde ze zich schuldig. Ze had toch niet echt twee katten vermoord? Nee, wat het ook voor wezens waren, ze waren niet als Sjimmie, haar eigen poes.

Sanne ging weer in haar stoel zitten, nog nahijgend van de inspanning.

Even voelde ze zich schuldig. Ze had toch niet echt twee katten vermoord? Nee, wat het ook voor wezens waren, ze waren niet als Sjimmie, haar eigen poes.

Ze was eindelijk moe en ze had eindelijk honger, en ze wilde heel erg graag naar huis. Maar ze was bang dat het nog weleens heel lang zou kunnen duren voordat ze weer een nacht in haar eigen bed door zou brengen.

Door het raam kwamen de eerste zonnestralen de kamer binnen. Ze had de eerste nacht overleefd; nog twee te gaan.

Marc en Elvira

De volgende ochtend stormde ik de kamer van Christel binnen. Haar moeder had gezegd dat ze haar nog niet gezien had en dat ze waarschijnlijk nog lag te slapen.

'Christel, ik heb een broertje! Hij heet …'

Ik bleef midden in een pas staan. Het bed was duidelijk onbeslapen. Althans, onbeslapen door Christel, want op het hoofdkussen lag Elvira vastgebonden, met een prop in haar mond tegen het gillen. Snel maakte ik haar los en het elfje begon meteen te gillen: 'Ze is gek geworden, Marc! Gek! Ze bleef maar roepen dat ik met Repelsteeltje samenwerkte en dat ze eens en voor altijd met hem ging afrekenen!' Het elfje vloog door de kamer heen, alsof ze zeker wilde weten dat haar vleugels nog werkten.

'Waar is ze heen, Elvira? En sinds wanneer is ze ...' vroeg ik.

'Gisteravond. Ze had het over een klok …?'

Ik wist genoeg; ze was naar oma Bimbam toe. En net als de vorige keer was ze weer op eigen houtje vertrokken.

'Blijf hier, Elvira. Zorg dat je niet gezien wordt.'

'Wat ga jij dan doen, Marc?'

'Ik ga Christel redden, zoals gewoonlijk.'

'Kijk je alsjeblieft uit, Marc? Repelsteeltje is …'

'Ik denk dat hij deze keer moet uitkijken, Elvira.'

Elvira verstopte zich onder het bed en keek hoe Marc uit de slaapkamer verdween. Ze was absoluut niet van plan om hier te blijven, maar ze wilde zeker weten dat Marc niet terugkwam. Haar taak zat erop, ze had gedaan wat ze Repelsteeltje had beloofd. Beide Sprookjesspeurders waren naar hem toe gelokt. Nu werd het tijd voor Repelsteeltje om zich aan zijn belofte te houden en Elvira haar bloemenfluit terug te geven, zodat zij terug kon naar haar volk.

Ik stond beteuterd naar de gebroken ruit in de keuken van mijn oma te kijken. Nu was ze echt te ver gegaan! Inbreken in het huis van mijn oma was nog tot daaraantoe, maar waarom had ze niet op me gewacht?! Had ze dan niets geleerd?

Ik hoefde me in ieder geval niet af te vragen hoe ik het huis binnen moest komen. En mijn oma kwam voorlopig ook niet thuis, want die zat aan het kraambed bij mijn moeder en kleine Max.

Ik kon nog steeds niet helemaal geloven dat ik een broertje had.

Met mijn gedachten bij het pasgeboren jochie, liep ik naar de staande klok toe. Het deurtje stond open, en in plaats van een klepel zag ik de stenen kamer. Deze keer zag ik een hek. Daar gaan we weer, dacht ik. Ik stapte door de opening heen en opende het hek. Ik sloot mijn ogen en liet me in het gat in de muur vallen.

De felle zon scheen in mijn gezicht en ik moest een hand voor mijn ogen houden om te kunnen zien waar ik was. Daar, een paar meter van mij vandaan, stond …

'Repelsteeltje!'

'Mijn naam is vandaag bijzonder populair, jongenman. Ik ben alleen bang dat het de laatste keer is dat je hem zult gebruiken. Zeker nu je zo vriendelijk bent geweest om een doorgang naar jullie wereld te openen, denk ik niet dat het nog nodig is om elkaar lastig te vallen, vind je ook niet?' antwoordde Repelsteeltje. En zonder verdere plichtplegingen dook hij als een rugbyspeler langs mij heen en verdween door de opening waaruit ik net was gekomen. Het hek sloeg achter hem dicht en verdween alsof het er nooit geweest was.

Op dat moment pakten drie armen mij van achteren beet en trokken mij omhoog, de lucht in. Ik gilde van schrik en draaide mij om in de lucht. Toen pas zag ik wat voor gedrocht mij vasthield. Toen pas begon ik echt te gillen.

Sannes tweede dag

De volgende ochtend kwam de oude man het kasteel binnen. En toen hij Sanne op de grond aantrof, was hij ervan overtuigd dat de katten met haar hadden afgerekend. Hij slaakte een diepe zucht en boog zich voorover om Sanne van de grond te tillen en haar lichaam een laatste rustplaats te bieden, zoals hij al voor zo veel anderen had gedaan. Haar geest zou zich niet vervelen, helaas.

Sanne werd wakker. Woordeloos keek de oude man haar aan en knikte. Een flauwe glimlach tekende zich op zijn gezicht af en hij stak twee vingers op. Nog twee nachten te gaan. Sanne knikte.

Zonder iets te zeggen volgde Sanne de oude man naar de ontbijtzaal, waar hij een eenvoudige maaltijd voor haar klaarmaakte, bestaande uit brood, kaas en melk. Sanne at haar vingers erbij op. Aan het einde van de maaltijd durfde Sanne eindelijk de vraag te stellen die haar al de hele ochtend op de lippen brandde.

'Ik droom niet echt, hè?'

De oude man schudde zijn hoofd.

'Dus ik ben hier echt in gevaar?'

De man knikte.

'En kan ik weg? Kan ik de volgende twee nachten overslaan en net doen of er niets gebeurd is?'

Zoals verwacht schudde de oude man zijn hoofd. Hij vouwde zijn handen op elkaar en legde ze onder zijn hoofd.

'Slapen? Ik moet gaan slapen?' vroeg Sanne.

De man knikte ter bevestiging en ging haar voor naar een kleine slaapkamer met een smal ledikant. Sanne gaf toe. Ze was moe en nu ze wist dat ze nog twee nachten wakker moest blijven en gevaren het hoofd moest bieden, kon ze maar beter zorgen dat ze uitgerust was. Ze bedankte de koning voor zijn goede zorgen en kroop onder de lakens. Daar lag ze dan, een klein meisje van krap tien jaar oud, gevangen in een eeuwenoud kasteel in een sprookjeswereld gevuld met oude reuzen, oude mannen en oude katten. En niemand die wist dat ze hier was. Niemand die haar kon helpen.

Het duurde een paar uur voordat Sanne eindelijk in slaap viel.

IJzeren Hans en Kleinduimpje

Als iemand die dag door het bos zou hebben gelopen, zou hij de volgende, merkwaardige discussie hebben gehoord.

'Het kan mij niet schelen wat je normaal doet, Duim!' De luide stem klonk geïrriteerd boven de normale bosgeluiden uit. 'Al reis je normaal in de bek van een konijn, je blijft uit mijn oor!'

Een antwoord was op deze afstand niet hoorbaar, maar dit wel: 'Dat zal best, Duim, maar ik ben geen paard! Wat is er mis met op mijn schouder zitten?'

Weer was het even stil en toen barstte de storm pas echt los.

'Hoezo niet veilig?' De bomen bewogen heen en weer in de wind die plotseling kwam opzetten en weer ging liggen. 'Het is hartstikke veilig op mijn schouder en als je het niet zint dan ga je maar lopen, maar je … blijft … uit … mijn … oor!'

Misschien was het maar goed dat er op dat moment niemand langskwam, want plotseling kwam daar een boze reus met lange haren en een baard het bos uit stormen. Op zijn schouder zat een zeer verongelijkt, superklein en stokoud mannetje dat zich krampachtig aan een haarstreng vasthield.

'En waarom ga ik eigenlijk mee?' mompelde de bejaarde voor zich uit. 'Wedden dat ze alleen maar voor problemen zorgt? Ik ben een oude man, Hans, jaaa. Net als jij. Wij zijn te oud voor heldendaden. Waarom doen we niet wat we afgesproken hebben? We knappen het huis op van de oude heks en brengen er onze laatste jaren door. Wie weet hoelang we nog hebben? Ik heb genoeg beleefd in mijn leven, jaaa.'

De reus gaf geen antwoord, maar stapte stevig door. Het kleine, oude Duimpje besloot dat het wijzer was om zijn mond te houden.

Roodkapje

Roodkapje lag in haar bed, met haar pasgeboren zoon in haar armen. Hij had net voor het eerst van haar melk gedronken en lag nu in een droomloze slaap. Wat moet de wereld spannend zijn voor zo'n kleintje, dacht ze. Alles is nieuw, elk geluidje, elk voorwerp. Zelfs zijn ouders ziet hij voor het eerst.

Ze dacht terug aan de tijd dat Marc nog zo klein was als Max. Eigenlijk hadden zij en haar man altijd al gewild dat Marc een broertje of zusje zou krijgen. Maar het was ze nooit meer gelukt. En toen bleek ze ineens zwanger te zijn! Ze hadden het eerst verborgen gehouden voor Marc; ze wisten niet hoe hij zou reageren als hij hoorde dat ze voortaan met z'n vieren zouden zijn. Maar Marc reageerde heel blij, net als zijn vader.

Ze keek haar man aan, die binnenkwam met een kop kippensoep en een stuk brood. Ze glimlachte naar hem en gaf hem zijn zoon.

'Leg jij hem even in de wieg, Boris. Als het goed is, slaapt hij nu wel een paar uur voordat hij weer moet eten.'

Boris tilde het kleine hummeltje voorzichtig op en legde het in zijn bedje. Het jochie verdween zowat in zijn enorme harige handen.

'Heb je nog wat van Marc gehoord, Boris?'

'Nee, hij ging toch naar Christel toe?' bromde haar man.

'Ja,' zei Roodkapje, en ze slurpte van haar soep, die nog iets te heet was. 'Maar dat is toch alweer even geleden? Hij moet even wat boodschappen doen.'

'Ik bel hem zo wel even op zijn mobiel,' antwoordde Boris met een grijns. Hij kon zijn ogen niet van zijn nieuwe zoon afhouden.

'Kom, grote boze wolf van me,' zei ze lachend. 'Ga je zoon bellen! Deze loopt voorlopig nog niet weg, hoor!'

Christel

De staande klok in de slaapkamer sloeg twaalf uur en Christel werd
wakker. Ze rekte zich uit en keek om zich heen. Langzaam kwamen de
afgelopen uren weer bij haar terug. Die rotkabouter was haar weer te
slim af geweest! Maar nu wist ze hoe ze hem terug moest pakken. Ze
hoefde er alleen nog maar achter te komen wat zijn echte naam was. En
ze moest natuurlijk weten waar hij heen gevlucht was. Oké, misschien
was het allemaal niet zo simpel.

Christel negeerde de deur in de muur waardoor ze binnen was gekomen. Die zou haar alleen maar naar dat afgrijselijke driekoppige monster leiden. En het zou haar verbazen als Repelsteeltje het zelf wel aange-
durfd zou hebben om terug te gaan. De Drie Sneeuwwitjes hadden tenslotte zelf ook nog een appeltje met hem te schillen.

Christel probeerde de andere deur in de kamer te openen. Maar hoelang
ze ook aan de deurkruk morrelde, ze kreeg hem niet van het slot. En
nergens in de kamer was er een sleutel te vinden.

Er zat niets anders op.

Christel zette de kleine deur op een kier, keek voorzichtig naar het bin-
nenplaatsje en zag een wolf bungelen aan een arm van het sneeuwwitte
monster. Dat kon niemand anders dan Marc zijn! Het driedubbele
wezen deed haar best om hem in haar monden te stoppen en op te eten.
Maar iedere keer als Marc boven haar opengesperde monden hing, beet
hij haar in een neus, waardoor ze hem weer van zich af moest houden.

'Marc?'

Christel was zo perplex, dat zijn naam haar gewoon ontsnapte. Het
monster hoorde Christel en gaf een brul. Ze strompelde met Marc in
haar armen richting Christel. Marc reageerde meteen en beet zo hard als
hij kon in de pols van het monster. Het beest krijste en moest Marc los-
laten. Marc draaide zich om zijn as en kwam op zijn poten terecht.

'Marc!' gilde Christel nu en probeerde de kamer weer in te rennen.
Maar helaas, de deur was achter haar in het slot gevallen. Angstig keek
ze naar het enorme monster dat op haar afkwam.

Marc hapte met zijn wolventanden naar de enkels van het driekoppige
monster om het weg te houden bij zijn vriendinnetje. Het monster

reageerde geïrriteerd en schopte Marc van zich af. Met een plons kwam de wolvenjongen in de fontein terecht. Het monster keerde zich weer om en bewoog zich langzaam naar Christel toe, die eindelijk kon zien wat er precies van de Drie Sneeuwwitjes geworden was.

Het was niet zo dat de onderdelen op een nette manier in elkaar waren gezet. Integendeel. Uit de romp staken weliswaar zes armen en zes benen, maar het leek alsof ze op een willekeurige manier in het lichaam waren geprikt. De spieren die de lichaamsdelen bestuurden, zaten aan de buitenkant in plaats van verborgen in het lichaam en duwden en trokken de armen en benen heen en weer. Het lichaam rólde meer op haar af dan dat het liep.

Christel begon te trillen. Ze dacht niet dat ze ooit zo bang was geweest. Zelfs niet tijdens haar vorige avonturen met Marc. Voor haar stond een monster dat erger was dan haar ergste dromen en ze stond letterlijk met haar rug tegen de muur.

Op dat moment trilde de lucht naast haar en opende zich een gat in de hemel. Triomfantelijk kwam het elfje Elvira uit het gat vliegen.

'Repelsteeltje! Repelsteeltje! Ik heb het gedaan! Marc en Christel zijn … urgh!'

'Marc en Christel zijn wat?' vroeg Christel, terwijl ze het elfje stevig vastgreep.

'Oeps …' fluisterde het elfje.

Langzaam draaide Christel het elfje naar het naderende monster.

'Inderdaad, Elvira, oeps …' zei Christel. 'En kijk daar eens? Daar loopt een driekoppig monster. Met zes armen en zes benen. Als ik je niet loslaat, dan eet ze ons allebei op.'

Het elfje begreep dat discussiëren geen zin had. Het monster kon weliswaar niet zo snel bewegen, maar veel tijd hadden ze niet meer voordat ze binnen bereik was.

'Wat … wat wil je dat ik doe?' zei ze.

Christel fluisterde haar plan in het oor van het elfje. 'O ja,' zei Christel er nog snel achteraan, 'en als je niet doet wat ik zeg, dan maken Marc en ik net zo lang jacht op je in de Hoge Landen totdat we je gevonden hebben. En dan mag je volk een nieuwe prinses gaan zoeken. Begrepen?'

Het elfje slikte. En knikte ter bevestiging. De blik in Christels ogen zei genoeg.

Christel liet het elfje los en riep Marc.

'Marc! Marc, ben je verdronken?'

Een verzopen wolvenkop kwam boven de rand van de fontein uit en schudde triest heen en weer. Het water spatte alle kanten op.

'Val het monster aan, Marc. Voordat het me te pakken neemt! Vertrouw me!'

Marc kromde zijn poten en gromde naar het monster, dat nu bijna bij Christel was. De drie koppen keken haar grijnzend aan, alsof ze wilden zeggen dat haar laatste uurtje nu echt geslagen had.

Dat was het moment waarop Marc het monster in haar enorme kont beet. Het monster gilde het uit en draaide zich om, om te zien wie het lef had haar daar aan te vallen. Een arm kwam op Marc af om hem voor eens en altijd te kelen. Elvira zag haar kans schoon en opende een gat in de lucht van precies tien centimeter. Voordat het monster kon reageren, verdween haar arm in het gat en sloot de poort zich weer. De arm van het monster leek nu halverwege ineens op te houden in de lucht, net alsof hij afgesneden was. Het monster probeerde zich uit de onzichtbare val los te trekken, maar zat muurvast!

Christel juichte van plezier! Het monster werd helemaal wild en begon om zich heen te slaan met de overgebleven armen en benen. Elvira aarzelde geen moment en herhaalde het trucje net zo vaak totdat het monster met alle armen en benen vastgeketend zat in de lege gaten in de lucht.

Christel rende naar Marc toe, die weer in zichzelf veranderde. Ze negeerde het feit dat hij geen kleren aanhad. Er waren belangrijkere dingen nu.

'Marc? Ben je in orde?'

Marc knikte. 'Ja. Waar is Sanne?'

'In een kasteel, een dag reizen hiervandaan.'

'Oké, ik kan haar spoor volgen. Ik doe er waarschijnlijk maar een paar uur over. Blijf jij hier en probeer een opening naar huis te vinden,' zei Marc.

'Mag ik eerst wat anders proberen, Marc?'

Christel riep Elvira erbij. Het elfje bleef op veilige afstand van de Sprookjesspeurders hangen.

'Mag ik nu gaan, Christel? Ik heb gedaan wat je vroeg ...'

'Je mag gaan, Elvira, als je dat wilt. Maar je mag ons ook helpen recht te zetten wat je ons aangedaan hebt. En als je dat doet, beloof ik je dat we je bloemenfluit terugvinden.'

'Oh ... kun je dat dan?' vroeg het elfje.

'Marc kan alles ruiken wat hij wil. Hij kan je fluit terugvinden. Het maakt niet uit waar Repelsteeltje hem verstopt heeft. Maar dan moet jij ons helpen Sanne te redden.'

Het elfje dacht even na en knikte toen.

'Afgesproken. Wat moet ik doen?'

Even later zaten Marc en Christel samen op de rand van de fontein uit te rusten, terwijl Elvira onrustig boven hun hoofden vloog. Marc had zijn kleren, die verspreid over de stenen lagen, weer bij elkaar gezocht en aangetrokken. Het meeste was kapot, maar hij was in ieder geval weer bedekt.

'En nu?' fluisterde Marc. 'Ga ik nu die fluit zoeken?'

'Ben je gek?' antwoordde Christel zachtjes terug. 'We gaan eerst zorgen dat we thuiskomen. Ik weet hoe we Repelsteeltje te pakken moeten nemen, maar dan moet ik eerst weten waar hij gebleven is. En jij zegt dat hij naar onze wereld is gegaan. Die fluit kan wel wachten, totdat we zeker weten dat we Sanne terughebben.'

Marcs mobiel ging. Hij had zich er al vaker over verbaasd dat er bereik was in alle betoverde werelden. Het was bijna alsof de Hoge Landen zich op de een of andere manier op dezelfde locatie bevonden als de Lage Landen, maar dan parallel of zo. Marc keek op het scherm van zijn mobieltje en zag een foto van zijn vader. Hij keek naar Christel. Wat nu?

Christel schudde haar hoofd. 'Niks zeggen!' siste ze. Marc drukte op de groene knop.

'Hai, pa!' zei hij gemaakt vrolijk.

'Hé Marc, waar ben je?' vroeg zijn vader.

'Ehm, ik ben even een stukje wandelen met Christel. Het was toch wel heftig vannacht. Ik had even wat frisse lucht nodig.'

'Ja, dat klopt,' antwoordde zijn vader na enige aarzeling. 'Heftig was het.'

Het bleef even stil aan de telefoon. Marc probeerde zo rustig mogelijk te ademen. Zou zijn vader iets vermoeden?

'Marc, als je zo terugkomt, wil je dan even wat boodschappen meenemen voor je moeder?'

'Tuurlijk,' zei hij, 'wat moet ik halen?'

'Kom eerst maar even hier, dan maak ik wel een ...'

Het geluid viel weg.

'Een wat?' piepte Marc in de telefoon. 'Kun je dat nog een keer zeggen, pa, je viel weg.'

'Een lijstje, Marc. Maar doe maar rustig aan, er is geen haast bij.'

'Oké, tot straks.' Marc hing snel op.

'Gefeliciteerd,' zei Christel. 'Wat is het geworden?'

'Een broertje. Zijn naam is Max. Waarom mocht ik niks tegen mijn vader zeggen?'

'Omdat ik niet wil dat hij je broertje uit het oog verliest, Marc. Ik weet wat Repelsteeltje wil: hij wil Max ...'

Repelsteeltje

Met één hand smeerde Boris een boterham, terwijl hij met zijn andere het nummer van Marcs mobiel intoetste. De telefoon ging twee keer over.

'Hi, pa!'

'Hé Marc, waar ben je?' zei Boris in de hoorn. Marcs stem klonk krakerig ver weg.

'Ehm, ik ben even een stukje wandelen met Christel. Het was toch wel heftig vannacht. Ik had even wat frisse lucht nodig.'

Boris was even stil. Dus hij was niet de enige geweest die het zwaar had gehad, vannacht.

'Ja, dat klopt,' antwoordde hij. 'Heftig was het.'

'Marc, als je zo terugkomt, wil je dan even wat boodschappen meenemen voor je moeder?'

'Tuurlijk, wat moet ik halen?'

'Kom eerst maar even hier, dan maak ik wel een ...'

Boris draaide zich om naar de koelkast om beleg te pakken en bleef stokstijf staan. In de deuropening stond Repelsteeltje.

'Een wat?' hoorde hij Marc in de telefoon piepen. De verbinding was echt heel slecht, het geluid klonk helemaal afgeknepen.

'Kun je dat nog een keer zeggen, pa, je viel weg.'

Geluidloos mimede Boris dat Repelsteeltje stil moest zijn. De leprechaun knikte en hield zijn mond.

'Een lijstje, Marc. Maar doe maar rustig aan, er is geen haast bij.'

'Oké, tot straks.' Boris hoorde hoe Marc ophing. Gelukkig was hij niet hier, maar veilig aan het wandelen met Christel.

'Wat moet je?' vroeg hij aan de kabouter voor hem, maar uiteraard wist hij het antwoord al.

'Ik kom je kind halen. We hadden een afspraak, weet je nog?'

IJzeren Hans en Kleinduimpje

'En je weet zeker dat ze deze kant op is gegaan, Hans? Jaaa?'
Hans loerde in de waterput die voor het verlaten stulpje stond.
'Weet je wat ik denk, Duim?' zei Hans, de vraag negerend. 'Ik denk dat
dit de put van Vrouw Holle is.'
'En denk je dat het meisje in de put verdwenen is? Want dan kunnen
we wel gaan, jaaa. Vrouw Holle houdt haar kinderen graag een jaar vast,
om ze voor zich te laten werken.'
'Nee, ik denk dat ze hier niet geweest is. De put ziet er onberoerd uit.
En je hebt gelijk: als ze afgedaald is, is ze verloren.'
'Dus wat doen we, Hans? Tijd om terug te gaan? Jaaa?'
Hans ging weer rechtop staan en tuurde om zich heen.
'Duim! Kijk daar eens!'
Hij tilde het kleine mannetje op en hield hem in de richting van de
toren die hij in de verte had ontdekt.
'Wedden dat ze daarnaartoe is? Naar het vervloekte kasteel! Zei ze ook
niet zoiets?'
'En wat is de reden dat je zo enthousiast bent, Hans, dat een klein meis-
je naar het vervloekte kasteel is gegaan?'
'O ja ... Daar is nog nooit iemand uit gekomen, hè?'
'Nope, nada, nooit niet, Hans.'
'Nou, eens moet de eerste keer zijn, toch, Duim?'
'Als jij het zegt, Hans, als jij het zegt.'
En daar gingen ze weer op pad, de twee. Kleinduimpje op de schouder
van IJzeren Hans.

Enkele minuten later verscheen het hoofd van een gezellig oud vrouwtje
boven de rand van de waterput, dat een paar keer om zich heen keek,
onderwijl mompelend: 'Ik dacht toch echt dat ik wat hoorde.'

Roodkapje

'Wat bedoel je met: je hebt hem ons kind beloofd?!'
Roodkapje lag met haar pasgeboren zoon Max in het bed naar haar man
en Repelsteeltje te staren.
'Repelsteeltje heeft ervoor gezorgd dat wij vrije doorgang kregen naar de
Lage Landen, in ruil voor ons pasgeboren tweede kind. Daarom wilde ik
geen kinderen meer, zodat hij mij niet aan de afspraak kon houden. Ik
had nooit verwacht dat je ooit nog eens zwanger zou raken. Het zou me
niets verbazen als hij daar ook iets mee te maken heeft.'
'Een pilletje doet wonderen, mijn beste man,' zei de leprechaun cryp-
tisch.
'En jij wilt Max gewoon meegeven, Boris?' gilde Roodkapje.
'Nee, natuurlijk niet!' gilde Boris terug. 'Maar ik weet niet wat ik moet
doen! Het is onmogelijk om onder een belofte met een leprechaun uit te
komen, dat weet jij ook wel!' De tranen stonden hem in de ogen.
Repelsteeltje knikte. 'Luister naar je grote boze echtgenoot, Roodkapje.
Hoe denk je mij tegen te houden? Jij bent te zwak en Boris is gebonden
aan de belofte. Eén knip met mijn vingers en hij staat vastgenageld aan
de grond. En ik laat me niet nog eens tegenhouden, ik zal mijn kind
krijgen!'
Een gat van ongeveer tien centimeter opende zich in de lucht.
'Daar is Rumpelstilzchen!' hoorde Boris zijn zoon gillen, voordat het gat
zich weer sloot. Repelsteeltje leek al net zo verbaasd als hij.
'Weer die verschrikkelijke kinderen!' riep Repelsteeltje, en hij sprong
angstig op het bed. 'Hoe hebben ze het driekoppige monster overleefd?
En hoe weten ze mijn naam?!'
Opnieuw opende zich een gat, nu precies achter Repelsteeltjes hoofd.
'Rumpelstilzchen!' gilde Christel in zijn oor. Repelsteeltje maakte een
sprongetje van schrik.
'Kijk uit, Christel!' gilde Roodkapje, door het snel weer kleiner worden-
de gat. 'Hij is niet te vertrouwen! Als je iets tegen hem kunt doen, doe
het dan nu!'
Alsof Repelsteeltje wilde bewijzen dat ze gelijk had, graaide hij baby
Max uit de armen van zijn moeder.

'Waag het eens om mijn naam nog een keer te zeggen, heks! Dan neem ik die kleine mee de afgrond in!'

Het was heel even doodstil in de kamer en toen begon kleine Max te huilen. En dat was het moment dat Roodkapje, de moeder van Marc, de vrouw van de grote boze wolf, ontplofte.

'BLIJF VAN MIJN KIND AF!'

Met een enorme knal stootte ze haar elleboog in de zij van de kabouter, die ineenkromp van de pijn. Max rolde uit de knokige arm van de kabouter, recht in de armen van zijn moeder. Op dat moment opende er zich weer een gat en Marc en Christel gilden als één man: 'RUM-PELSTILZCHEN!!!!' En net als in het sprookje spleet de grond in tweeën en werd de boze kabouter in één keer opgeslokt door Moeder Aarde.

Max begon te kraaien van plezier.

Naar huis

Christel en ik zaten op de rand van de fontein op adem te komen, terwijl Elvira als een gek geworden vuurvlieg door de lucht schoot.

'En toen opende ik een gat en jullie gilden heel hard "Rumpelstilzchen" en toen opende ik nog een gat en nog eentje en toen hadden we hem te pakken en we waren zo goed en we zien hem nooit meer terug en we hebben gewonnen!'

Het elfje hield even stil in de lucht en keek ons aan.

'Waarom zijn jullie niet blij?'

'Omdat we Sanne nog niet terug hebben, Elvira. En omdat zelfs Marc in wolfsvorm niet snel genoeg is om voor zonsondergang bij het kasteel te komen.'

'O,' antwoordde het elfje zacht. Ik zag dat Christel van haar wegkeek.

'Maar ik ga het wel proberen, Christel,' zei ik zachtjes. 'Nog even wat energie opdoen en dan ...'

'Marc, kijk naar jezelf. Je kunt amper lopen, zo erg heeft dat monster je toegetakeld.'

Ze had gelijk, maar ik bleef koppig. Zo snel gaf ik het niet op.

'Maar Christel, Marc hoeft toch helemaal niet te gaan?' zei het elfje. 'Ik kan zo een gat openen naar het kasteel en naar Sanne vliegen.'

'Zou je dat willen doen, Elvira?' vroeg ik verbaasd.

Het elfje boog het hoofd. 'Ik heb nog wat goed te maken ...'

Christel knikte. 'Ga dan nu, Elvira. Voordat het te laat is.'

'Hoe komen jullie thuis?' vroeg het elfje.

'We vragen mijn vader de klok te openen,' zei ik en liet mijn mobieltje zien.

Het elfje knikte, opende een gat en verdween.

De tweede nacht

Sanne zat in de problemen. Ze stond in het midden van de grote zaal van het kasteel en was omringd door tientallen skeletten, monsters, reuzenpadden en spookachtige wezens. En allemaal hadden ze enorme tanden, klauwen en bloeddoorlopen ogen.

Sanne had een stoel. Ze hield het ding als een dompteur voor zich uit en draaide rondjes, zodat ze iedereen steeds even in de ogen kon kijken.

'Als dit de tweede nacht is,' mompelde Sanne, 'dan hoef ik de derde liever niet meer mee te maken …'

'O,' antwoordde een van de monsters, 'maar dat gaat ook niet gebeuren, hoor, meisje. Geloof me maar, na vanavond ben je een van ons.'

De cirkel van monsters sloot zich rond Sanne. Stapje voor stapje kwamen ze dichterbij. Sanne gooide de stoel met alle kracht van zich af. Die ketste af op de stenen huid van een wel heel groot en eng beest, en verbrijzelde tegen de muur.

Sanne moest denken aan de boom die op haar raam tikte en vroeg of ze buiten kwam spelen. Dit leek haar een goed moment om wakker te worden. Ze kneep in haar arm, maar er gebeurde niks. Hier was ze al bang voor. Ze droomde helemaal niet, ze was in de val gelokt door het elfje, al had ze geen idee waarom.

'Geef het maar op,' siste een roodbruine slang. 'Doe mee met ons; we kunnen nog wel iemand gebruiken.'

Ineens kwamen de monsters niet meer dichterbij. Er gebeurde iets achter in de zaal! Sanne ging op haar tenen staan en probeerde te zien wat er gebeurde. Een aantal monsters begon te gillen, niet om haar angst aan te jagen, maar van de pijn. En daar kwamen ze aanstormen: IJzeren Hans met een schreeuwende Kleinduimpje op zijn schouders.

'Pak ze, Hans! Grijp ze bij hun lurven!'

Met zijn twee grote handen greep Hans twee skeletten en smeet ze stuk tegen de muur.

'Dag, Sanne, denk je nog steeds dat we niet bestaan?'

Sanne schudde haar hoofd, terwijl de reus voor haar ging staan om haar te beschermen tegen de meute, die het nu duidelijk op hen allemaal gemunt had.

'Ehm ,,. Hans? Het zijn er wel heel erg veel … jaaa …'

Sanne keek om zich heen en zag dat Kleinduimpje gelijk had. Zo groot als Hans was, hij kon hen nooit tegen al deze monsters beschermen. Ze verschool zich achter zijn been, dat net zo groot was als een boomstam. Ineens voelde ze hoe een tentakel zich om haar enkel sloot en haar met één ruk ondersteboven trok.

'Help!' gilde ze. 'Help me, Hans!'

Maar de rest van de wezens had hierop gewacht en met z'n allen stortten ze zich op de arme reus, die niet tegen zo veel geweld op kon.

Sanne hing ondersteboven en keek recht in de muil van een gigantische octopus. Sanne gilde van angst en herinnerde zich toen de naald die ze van de oude vrouw had gekregen. Ze haalde het ding tevoorschijn en wilde hem in het oog van de octopus steken, toen ze een klein stemmetje hoorde gillen.

'Prik jezelf ermee, Sanne, dan ga je terug! Prik jezelf!'

Sanne keek om zich heen en zag het elfje Elvira uit een gat vliegen, dat zich snel achter haar sloot.

'Waarom zou ik je geloven,' gilde Sanne. 'Je hebt steeds tegen me gelogen!' En ze richtte de naald opnieuw op de octopus. De octopus was het gedoe duidelijk beu en opende zijn muil.

'Neee!' gilde Elvira. 'Blijf van haar af!' En ze vloog in de mond van de octopus, die haar meteen opslokte.

'Elvira!' schreeuwde Sanne, maar het was al te laat. Ze sloot haar ogen en prikte zichzelf met de naald. Ze had niets meer te verliezen. Het werd zwart voor haar ogen.

Toen ze haar ogen weer opendeed, keek ze naar de gezichten van haar ouders, en die van Marc en Christel.

'Welkom thuis, Sanne,' zei Marc.

Huilend nam haar moeder haar in de armen en Sanne kon zelf haar tranen ook niet meer inhouden.

'Ik heb zo eng gedroomd, mama.'

Christel en ik liepen samen naar de gang van het ziekenhuis, zodat de familie van Sanne eventjes alleen kon zijn.

'Eind goed, al goed?' vroeg ik aan mijn medespeurder.

'Ehm … even kijken,' zei Christel. 'Sanne is terug?'

'Check,' antwoordde Marc.

'Repelsteeltje?'

'Verdwenen onder de grond. Check. Hoe wist je eigenlijk wat zijn echte naam was?'

'Sanne heeft een heel oud boek van de gebroeders Grimm. Daarin heet het sprookje Rumpelstilzchen. En aangezien het een boek was van twee eeuwen geleden, bedacht ik dat het misschien wel het oorspronkelijke sprookje was.'

Ik knikte bedachtzaam. Christel en haar boeken ...

'Dan zijn er nog maar twee dingen die gedaan moeten worden, volgens mij,' zei Christel.

'O,' antwoordde ik verbaasd. 'Wat dan?'

'Dit,' zei Christel, en ze zoende me zachtjes op mijn mond.

'Wil je mijn vriendje zijn, Marc?' vroeg ze zenuwachtig.

Ik kon alleen maar blozen en knikken. Was het de bedoeling dat ik nu iets deed? Onhandig pakte ik haar bij haar schouders en gaf haar snel een kus terug. Ze giechelde.

'Ik durf bijna niet te vragen wat het tweede is dat we nog moeten doen ...' zei ik zachtjes.

Christel giechelde weer. 'Niks bijzonders, hoor. We moeten alleen de bloemenfluit terugvinden die Repelsteeltje van Elvira gestolen heeft en terugbrengen naar haar volk.'

'Niks bijzonders? Maar daarvoor moeten we terug naar de Hoge Landen! En zelfs dan, weet jij waar de fluit is gebleven? En Elvira is toch verdwenen, volgens Sanne? En waar woont haar volk eigenlijk?' Ik probeerde zo veel mogelijk redenen te bedenken om niet weer terug te hoeven naar de oude wereld, maar Christel wilde er niets van weten.

'We hebben het haar beloofd, Marc ...'

Ik knikte. Ze had gelijk, we hadden het haar beloofd.

'Oké dan. Wat zeggen we tegen onze ouders?'

'Dat het een nieuwe klus is voor de Sprookjesspeurders, natuurlijk,' zei ze triomfantelijk.

Ik grijnsde. 'Waar wachten we nog op, dan?'

Marcel van Driel

Als kind verzon Marcel van Driel altijd al vreemde verhalen, en zijn ouders vroegen zich af of hij soms van een andere planeet kwam. Zijn eerste boek, *Een elfje in de sneeuw*, verscheen in 2002 bij Zwijsen. In 2004 kwam *Straatwijs*, een superspannende achtervolgingsthriller met alleen maar vrouwen in de hoofdrol. Een jaar later zag *Help, Katman! Help!* het licht, een boek over een jongen die op school gepest wordt en wel een heel bijzondere manier heeft gevonden om daar mee om te gaan.

Een bijzonder boek is *Cowboy Roy*. Hierin lees je het verhaal van Roy die in een vreemde wereld het meisje Yora tegenkomt. In het boek *Drakenei* van Femke Dekker, lees je de andere kant van het verhaal. Samen met Femke is Marcel ook bezig met het schrijven van een fantasy-trilogy voor de oudere jeugd (12+) die *De Werelddromer* gaat heten.

De Sprookjesspeurders is Marcels meest succesvolle boek tot nu toe. Met het eerste deel, dat net als de andere twee eerst in de serie Leesleeuw verscheen, kwam hij op radio en tv, waaronder het Jeugdjournaal. *De sprookjesspeurders* hebben een eigen miniwebsite op www.marcelvandriel.nl. Daar is ook een extra kort verhaal te lezen over hoe Marc en Christel op zoek gaan naar de bloemenfluit van Elvira.

Marcel is getrouwd met Tanja. Samen hebben ze een zoon, Daniel, en een kat die Lloyd Kaufman heet.

Marcel van Driel